DRESSLER

A. Audhild Solberg

Bandbattle

Freaky ist das neue Cool

Aus dem Norwegischen
von Nina Hoyer

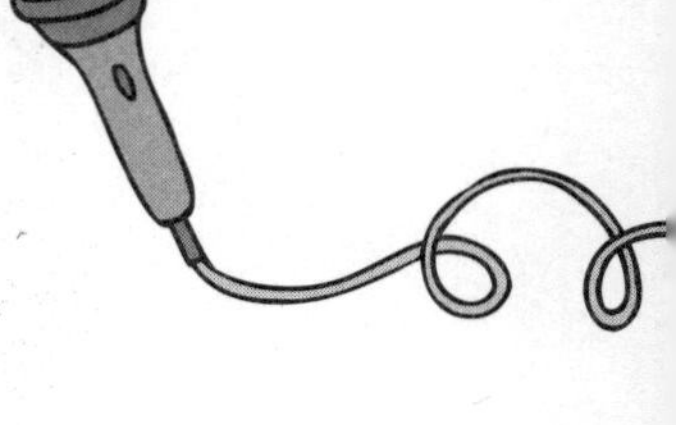

Dressler Verlag · Hamburg

Diese Übersetzung erscheint mit freundlicher Unterstützung von NORLA Oslo

FSC
www.fsc.org
MIX
Papier aus verantwortungsvollen Quellen
FSC® C014496

Deutsche Erstausgabe
1. Auflage 2016

Originaltitel: *Kampen mot superbitchene*

Aus dem Norwegischen von Nina Hoyer
Lektorat: Eva Jaeschke
Umschlaggestaltung: Geviert, Andrea Jonas,
unter Verwendung mehrerer Motive von © shutterstock
Satz: Dörlemann Satz, Lemförde
Druck und Bindung: GGP Media GmbH, Pößneck
Printed 2016
ISBN 978-3-7915-1968-5

www.dressler-verlag.de

»Verwandte Seelen gibt es häufiger, als ich dachte.
Ich bin gespannt, wie viele es noch auf der Welt gibt.«

L. M. Montgomery: *Anne auf Green Gables*

Inhalt

1. Voll unterirdisch 9
2. I can be a gentleman 17
3. Weltraumwesen 27
4. Dark Horse 33
5. Work that body! 41
6. Ein helles Köpfchen 53
7. Ein perfektes Team 62
8. Was ich noch sagen wollte 71
9. »Randevooo« 80
10. Mission Taco 92
11. In der Schusslinie 108
12. Picknick mit Pudel 116
13. Wow, Anne Bea! 129

14. Arnulf 141
15. Die Geige 153
16. Das gewisse Etwas 166
17. Schleimige Schlange 174
18. Zeig's uns! 181
19. Zombie ohne Pony 187
20. Finstere Blicke 204
21. Seid ihr bereit? 216
22. We found love 226
23. Im Verborgenen 232
24. Die Überraschung des Jahres 240
25. PS 246
26. Jagdfieber! 248
27. Ein Hoffnungsschimmer 254
28. 18,5 264
29. Ein Angebot 270

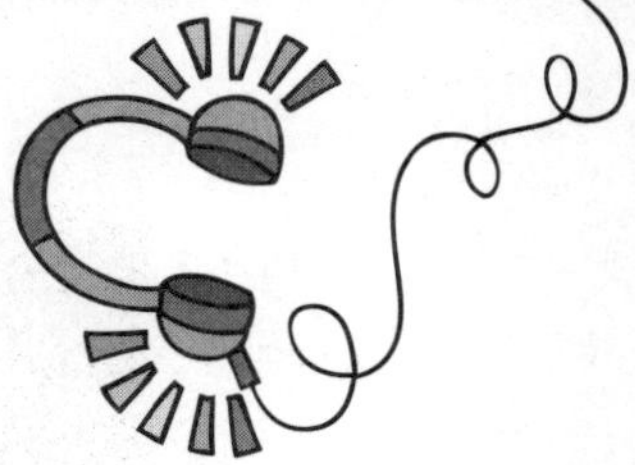

1 Voll unterirdisch

»He, bist du jetzt sauer, oder was?!«, drang Theas Stimme unüberhörbar durch das Klassenzimmer.

Ich sah aufs Pult hinunter. Meine Augen hinter den Brillengläsern brannten.

»Sorry, aber wenn du die Wahrheit nicht verträgst, ist das allein *dein* Problem, nicht unseres!«, rief Thea.

Ich konnte noch nicht mal die Augen zukneifen, bevor Ronja und Shirin in kreischendes Gelächter ausbrachen.

Es war immer das Gleiche. Sie lachten und kicherten über alles, was Thea sagte.

Ich hasste das. Es schnürte mir die Luft ab.

Und ich hasste Sozialkunde. Seit Frau Ness im Sommer ein Schleudertrauma erlitten hatte, weil sie auf ihrer Terrasse hingeknallt war, machte sie ihren Job nicht mehr richtig. Während sie jetzt hinter dem Lehrerpult in Deckung ging und Klatschblätter las, sollten wir in Arbeitsgruppen unsere Hausaufgaben besprechen. Man könnte fast meinen, dass sie bei ihrem Sturz auch noch ihr Gehör verloren hatte, denn sie sagte nie einen Ton, wenn Thea und die anderen beiden den Unterricht störten. Man hörte sie nur bei jedem Umblättern seufzen.

»Mach dir nichts draus«, sagte Nils.

Nils und ich waren fast immer in derselben Gruppe.

»Nur weil Thea behauptet, dass du ein Loser bist, heißt das noch lange nicht, dass du das auch bist.«

Er lächelte mir aufmunternd zu.

Misstrauisch erwiderte ich seinen Blick.

Denn was Thea sagte, war Gesetz, das wussten alle. Sie war das beliebteste Mädchen in der Siebten und stach sogar welche aus der Mittelstufe aus. Wenn man mit ihr befreundet sein wollte, war es besser, ihrer Meinung zu sein. Wenn nicht, dann auch. Denn sie konnte einem das Leben echt zur Hölle machen, wenn man sich ihr widersetzte. Das wusste ich nur zu gut.

»Und noch etwas!«, rief Thea. »Ich bin beim Talentwettbewerb dabei. Ihr könnt euch also schon mal auf was gefasst machen!«

Ich seufzte in Nils Richtung.

Er seufzte ebenfalls.

Typisch!

Nur damit ihr wisst, um was es hier geht: Der Talentwettbewerb im Herbst war *das* Ereignis an unserer Schule. Es ist ein Wettbewerb der fünften bis siebten Klassen, und jeder kann daran teilnehmen. Man kann ein Instrument spielen, vorsingen, vortanzen, einen Witz erzählen oder was auch immer, das bleibt einem selbst überlassen.

Die Jury besteht aus einem Lehrer, einem Elternvertreter und zwei Schülern, und sie ist meistens furchtbar streng. Letztes Jahr war Aksels Mutter aus unserer Klasse Jurymitglied gewesen, sie war knallhart. Hatte einen Teilnehmer nach dem anderen runtergemacht, unter anderem Thea, die mit ihrer Tanznummer ganz hinten auf dem fünften Podiumsplatz gelandet war. Sie war sogar von Torfinn aus der Parallelklasse geschlagen worden, und der hatte in Tracht Ziehharmonika gespielt!

Nach diesem katastrophalen Reinfall hatte Thea beschlossen, den ganzen Mist zu boykottieren, das hatte sie zumindest lautstark verkündet. Und Ronja und Shirin auch. Ich konnte nicht sagen, dass mir etwas gefehlt hätte, und Nils auch nicht. Bis zum diesjährigen Talentwettbewerb waren es nur noch zwei Wochen, und wir hatten uns schon schrecklich darauf gefreut – ein ganzer Abend ohne Thea, Ronja und Shirin!

Wir hätten wissen müssen, dass das zu schön war, um wahr zu sein.

»Frag mich doch mal, mit wem ich auftreten werde!«, forderte Thea mich auf.

Ich antwortete nicht.

Ich ging davon aus, dass in diesem Jahr Ronja und Shirin mitmachen würden oder irgendwelche anderen Mädchen der Topliga, die tanzen konnten.

»He, bist du etwa auch noch taub?!«, blaffte sie mich hinter meinem Rücken an. »Frag mich, mit wem ich auftreten werde, hab ich gesagt!!«

Ich drehte mich zum Bücherregal am anderen Ende des Klassenzimmers.

Ich saß immer direkt vor dem Lehrerpult, sodass ich keinen von den anderen sah. Aber ich wusste, dass Thea da war. Und zu *hören*, wo sie sich befand, war sowieso nie ein Problem gewesen. Ihre Stimme geht durch Wände, Mark und Bein.

»Also gut, mit wem wirst du …«, würgte ich hervor.

»Ich werde bei *Fuck Justin* singen!«

Ich wäre beinahe vom Stuhl gekippt.

»W-was? Du wirst bei …«, stammelte ich.

»Du hast mich doch gehört, Arschgesicht! Ich –

werde – bei – *Fuck Justin* – singen! Ein bisschen cooler als 'ne Nummer im Kinderchor, was?!«

Ich konnte beinahe hören, wie sie die Zähne breit grinsend bleckte.

Als ich mich zum Fenster drehte, blendete mich sofort das Licht.

Typisch!

Typisch!!

Fuck Justin, das waren Aksel am Bass, Magnus aus der Parallelklasse am Schlagzeug und Felix an der Gitarre. Sie spielten erst seit dem Sommer zusammen, waren aber schon die coolste Band der Siebten. Nicht, dass es so viel Konkurrenz gab – sie waren die einzige in der Siebten –, aber trotzdem waren *Fuck Justin* die coolste.

Als bekannt geworden war, dass sie für den Talentwettbewerb auf der Suche nach einer Sängerin waren, fanden im Handumdrehen die ersten Castings statt. Zwei Tage lang hörten Nils und ich sie in jeder Pause – Mädchen, die auf den Fluren und auf dem Schulhof trällerten und kreischten. Keine war besonders gut, ich habe genau hingehört.

Aber eine war mir anscheinend entgangen. Denn am dritten Tag waren die Pausen plötzlich wieder ganz normal, ohne irgendwelche vor sich hin summenden

Mädchen, die sich mit Magnus, Felix und Aksel stritten oder sie anflehten, in die Band aufgenommen zu werden. Die Band hatte offenbar eine Sängerin gefunden.

Ich drehte mich wieder zu Nils um.

»Thea?!«, sagte ich erstickt. »Thea?!?!«

Vor Entsetzen blieb mir die Luft weg.

»Und ich dachte, *Fuck Justin* wäre eine richtige Band! Dass sie eine Frontfrau suchen würden, die wirklich singen kann ...«

Ich hielt plötzlich inne.

Ich bemerkte, dass Nils Nasenflügel bebten.

»Was ist? Ist etwas passiert? Ist etwas mit deiner Mutter?«, flüsterte ich.

Mit Nils Nasenflügeln ist es nämlich so wie mit meinen Augen – je stärker sie sich bewegen, desto nervöser ist man. Und jetzt flatterten seine Nasenflügel wie eine Flagge bei Windstärke zwölf.

»W-w-werd jetzt nicht wütend«, stotterte er, »a-ab-er es könnte doch sein, dass ... dass ...«

»Dass was?«

»D-d-dass Thea wirklich singen kann?«

Ich drehte mich weg. Würdigte ihn mit keinem Blick.

Konnte ja sein, dass Thea das beliebteste Mädchen

der siebten Klasse und die Freundin von Felix, dem Bandmitglied von *Fuck Justin* war, aber singen – singen kann sie wirklich nicht. Theas Gesang war schon immer voll unterirdisch, einfach katastrophal. Ich war mit ihr im Kinderchor, ich weiß, wovon ich rede. Das Einzige, worin ich sie schlagen konnte, war Singen.

Das Einzige!

»Frau NEEEESS!«

Ich sah ruckartig auf.

Es schien, als sei auch durch Frau Ness ein Ruck gegangen. Ich hörte, wie ihre Zeitschrift zu Boden fiel.

»Wir sind fertig mit Hausaufgaben besprechen, Frau Ness«, schrie Thea hinter mir. »Können wir jetzt gehen?«

Frau Ness hustete in ihre Halskrause.

»Aber die Stunde geht noch zehn Minuten, seid ihr denn schon fer…«

»Ja!!«

»Nun, äh … also, wenn ihr wirklich fertig seid, dann könnt ihr viellei…«

»Danke, Frau Ness, Sie sind toll!«

Irgendwie konnte ich verstehen, dass Frau Ness es aufgegeben hatte, in den Sozialkundestunden noch etwas einzuwenden. Mit Thea in der Nähe war es nicht so leicht, zu Wort zu kommen.

Es war vorhersehbar, was jetzt passierte.

»Wir sind auch fertig!«

»Ja, wir auch!

»Wir schon lange!«

Diesmal kam Frau Ness gar nicht erst zu einer Antwort. Stühle schabten über den Fußboden, Schulbänke wurden verrückt und Stimmengewirr brach aus. Schon verließen alle das Klassenzimmer.

Ich sah zu Nils hinüber. Seine Nasenflügel bebten immer noch leicht, hatten sich aber etwas beruhigt.

Ich hatte mich auch wieder beruhigt. Nils hatte Thea schließlich noch nie singen gehört, er wusste es eben nicht besser. Wenn sie in zwei Wochen beim Talentwettbewerb den Mund aufmachte, würde er sein blaues Wunder erleben.

2 I can be a gentleman

»Was *Fuck Justin* wohl beim Wettbewerb spielen wird?«, sagte ich. »Jetzt, da Thea ihre Frontfrau ist, bleiben ihnen ja nicht mehr so viele Songs. Sie kann ja noch nicht mal *Alle meine Entchen* singen, ohne völlig den Ton zu verfehlen. Du hättest sie mal hören sollen, als wir im Kinderchor waren, sobald sie den Mund aufgemacht hat, waren alle bedient, und … Nils?«

Ich sah mich nach allen Seiten um.

»Nils?«

Er war doch gerade noch neben mir den Schulkorridor entlanggegangen. Wo steckte er bloß?

Mein Bauch krampfte sich zusammen. Wir hatten jetzt Sport und die Sporthalle liegt am anderen Ende des Schulgebäudes. Es galt immer, dort zu sein, bevor sich die Flure mit Schülern füllten. Und ich war noch nicht einmal an der Kantine vorbei!

»Nils?«

Vor der Kantine lief ich geradewegs in einen turmhohen Stapel Limokästen hinein, meine Brillengläser beschlugen. Die Kisten schwankten bedrohlich, ich war mir sicher, dass ich jeden Moment unter Limonadenflaschen begraben werden würde. Aber zum Glück stürzte der Stapel nicht in sich zusammen, das hätte mir für heute den Rest gegeben.

»Nils?«

»Bestimmt etwas von Rihanna«, sagte jemand keuchend hinter mir.

Ich fuhr herum.

Nils!

Und atmete erleichtert auf. Er war nur etwas zurückgefallen, das hätte ich mir denken können. Wenn ich rede, renne ich immer mit einem Affenzahn, und Nils hat ziemlich kurze Beine.

»Wer's glaubt!«, schnaubte ich. »Als ob Thea dazu in der Lage wäre, was von Rihanna zu singen.«

»Dann vielleicht von Beyoncé? Oder von Selena Gomez?«

Ich verdrehte die Augen.

»Aber sie können ja unmöglich Justin Bieber spielen«, sagte er.

»Wohl kaum«, erwiderte ich.

Wir sahen uns an und prusteten los.

Wir wussten nämlich, warum das nicht ging, schließlich hatten wir im Sommer die ganze Geschichte hautnah mitgekriegt.

Nils und ich hatten gerade auf meinem Zimmer Karten gespielt, als wir plötzlich von draußen Stimmen hörten. Mein Fenster stand weit offen, weil es an dem Tag über dreißig Grad heiß war.

»Wie wär's mit *The Boyfriends?*«, sagte jemand.

»Gar nicht mal so schlecht«, antwortete ein anderer.

Ich spitzte die Lauscher. Vielleicht habe ich schlechte Augen, aber mit meinen Ohren ist alles in Ordnung. Und so dauerte es auch nicht lange, bis Nils und ich wussten, wer da draußen sprach – und zwar Magnus, Felix und Aksel, die überlegten, welchen Namen sie ihrer neuen Band geben sollten. Felix wohnt nämlich über mir, sein Schlafzimmerfenster liegt direkt über meinem. Ich nehme also an seinem Musikgeschmack teil, um es mal so zu sagen.

»*The Boyfriends*«, wiederholte Aksel. »Here comes *The Boyfriends!*«

»Give it up for *The Boyfriends!*«, sagte Magnus. »Doch, könnte funktionieren.«

Vielleicht hätten sie sich tatsächlich diesen Namen gegeben, wenn Felix nicht alles versaut hätte.

»If I was your boyfriend, I'd never let you go«, fing er

plötzlich an zu singen, wie wenn man gedankenlos vor sich hin summt. »Keep you on my arm girl, you'd never be alone. I can be a gentlemen, anything you want …«

»Hä? Was war das denn?«, unterbrach Aksel ihn.

Felix verstummte.

»War das etwa Justin Bieber?«, fragte Magnus.

»Äh, n-n-nein«, stotterte Felix.

»Und ob das Justin Bieber war!«, sagte Magnus.

»Also echt, Felix, du singst Justin Bieber?!«, rief Aksel aus.

»Das hab ich nicht!«, schrie Felix. »Das war ein Song von … von … Michael Jackson! *Fuck Justin*!«

Und so kam es, dass sie sich schließlich *Fuck Justin* nannten.

Nils und ich waren jetzt an den Klassenzimmern der achten, neunten und zehnten Klassen vorbeigegangen, wir näherten uns der Sporthalle. Bisher hatte es noch nicht zum Unterricht geklingelt. Und bisher hatte auch noch keiner einen Tick zu laut hinter meinem Rücken getuschelt oder mir etwas Gemeines ins Gesicht gesagt. Aber noch nicht einmal das besserte meine Laune.

»Ich habe überhaupt keine Lust mehr auf diesen Talentwettbewerb«, maulte ich.

»Warum denn?«, fragte Nils.

»Warum?! Weißt du denn nicht, wie schlimm das Ganze ist?!«

»Aber wenn Thea so unterirdisch singt, wie du sagst, kann sie den Wettbewerb doch unmöglich gewinnen, oder? Und das ist doch gut.«

»Ja, schon, aber wie blöd ist das denn für *Fuck Justin*! Ohne sie hätten sie doch garantiert den ersten Platz gemacht!«

Nils drehte sich zu mir um.

»Habe ich das richtig verstanden? Dir ist wichtiger, dass sie gewinnen, als dass Thea verliert?«

Ich wich seinem Blick aus.

»Verstehe, dann hat es dich doch stärker erwischt, als ich dachte«, grinste er.

Ich schwieg.

Dass er davon wusste, war nicht der Grund dafür, dass mir das so peinlich war. Nils und ich hatten keine Geheimnisse voreinander – er wußte, auf wen ich stand. Es war nur so komisch, es ihn laut aussprechen zu hören. Ich fand, ich hatte kein Recht, mich in jemanden zu verlieben. Schließlich würde sich ja umgekehrt auch niemand in mich verlieben.

Glaubte ich jedenfalls.

»Sag mal, kommst du demnächst mal mit mir zur Skaterrampe?«, fragte Nils.

Ich sah ihn an.

Normalerweise fragte er mich nicht, ob ich mitkam, weil er wusste, dass ich am liebsten zu Hause blieb. Die anderen aus meiner Klasse hielten mich für extrem schüchtern, weil ich nach der Schule nie bei irgendwelchen Sachen mitmachte und im Unterricht so gut wie nie etwas sagte, aber *so* schüchtern war ich eigentlich gar nicht. Ich mochte es nur nicht, von anderen angestarrt zu werden. Und das taten sie, wenn ich etwas sagte. Oder nach der Schule mit zur Skaterrampe ging.

»Nur ganz kurz?«, hakte Nils nach.

Ich rümpfte die Nase.

»Bitte! Als ich zuletzt da war, haben Aksel und Felix getönt, dass ich keine Freunde hätte. Aber das hab ich doch – ich habe doch dich.«

Mir traten die Tränen in die Augen, als er das sagte.

Ein bisschen, weil ich mich freute. Aber vor allem, weil ich traurig war. Ich wusste schließlich, was Aksel und Felix damit sagen wollten.

Dass ich nicht zählte.

»Mit mir befreundet zu sein, ist nicht so schlau«, sagte ich.

»Mit dir befreundet zu sein, ist gar nicht mal so übel«, sagte Nils.

Nils und ich waren ehrlich zueinander, deshalb passten wir auch so gut zusammen. Ich guckte ihn schief an und schnaubte, wenn er sich doof benahm, und er versuchte nicht, mir gegenüber die Wahrheit zu beschönigen. Er sagte, wie es war.

Mit mir befreundet zu sein, war gar nicht mal so übel. Celine aus der Parallelklasse hatte Zerebralparese und saß im Rollstuhl, und Birk, der auch in die Parallelklasse ging, hatte am ganzen Körper und im halben Gesicht Brandwunden. Im Sommer war er außerdem noch von einer Zecke gebissen worden.

Ich war die Drittschlimmste, mit der man in der Siebten befreundet sein konnte. Das tröstete mich irgendwie.

»Na gut, ich komme mal mit zur Skaterrampe.«

Ich wusste immer, wann Nils lächelte.

Meine Mutter sagt, er würde von einem Ohr zum anderen lachen, und das stimmt. Sein Mund teilt sein Gesicht dann sozusagen in zwei Hälften. Seine Augen sind kaum noch zu sehen, man sieht nur noch zwei Striche über den Wangen. Das kann ich sogar auf eine Entfernung von ein paar Metern erkennen.

Wenn Nils lacht, macht mich das immer ganz froh. Nicht verliebtheitsfroh, aber ich freue mich einfach total darüber, dass es ihn gibt. Ich will gar nicht daran denken, wie mein Leben ausgesehen hätte, wenn er nicht in meiner Klasse gelandet und wir Freunde geworden wären.

Das hieß nicht, dass er mich vor den anderen Schülern beschützte. Er war kleiner als ich und beinahe alle anderen Mädchen in der Siebten waren größer als er. Außerdem war er ein ziemlicher Angsthase, um ehrlich zu sein. Die Jungs aus der Klasse fragten ihn zum Beispiel nie, ob er in den Pausen mit ihnen Fußball spielen wollte.

Nein, das Schöne an Nils war, dass es ihm Spaß machte, mit mir zusammen zu sein. Eigentlich seltsam, denn wenn ich mal mit Thea, Ronja und Shirin Gruppenarbeit machen musste, war ich so was von langweilig, dass es eine Katastrophe war. Dann brachte ich keinen Ton raus. Kicherte nur. Obwohl ich sie noch nicht einmal lustig fand. Sie guckten sich auf YouTube Videos an, von Mädchen, die sich schminkten, und gingen andauernd aus dem Klassenzimmer, sodass ich die ganze Arbeit allein machen musste.

Aber egal, in Nils Gesellschaft war ich lustig, das ist der Punkt. Zum einen machte ich den Mund auf und zum anderen sagte ich lustige Sachen. Warum, wusste ich nicht, so war es einfach. Mit Nils traute ich mich, so zu sein, wie ich wirklich war. Und deshalb war es auch gar nicht mehr so schlimm, dass die anderen mich für extrem schüchtern und langweilig hielten. Denn ich wusste, dass es zumindest einen gab, der nicht so dachte.

Vielleicht gab es sogar noch jemanden, aber darauf komme ich später zurück.

Ich blieb im Flur stehen.

Wir waren da. Wir hatten es geschafft. Wir hatten es mit heiler Haut durch die ganze Schule geschafft, ohne dass mir auch nur ein Kommentar hinterhergerufen worden war! Das kam nicht jeden Tag vor.

»Ich gehe dann mal direkt in die Sporthalle«, sagte ich.

»Wieder die Sportsachen vergessen?«, fragte Nils.

»Wie jedes Mal.«

Wir wechselten einen Blick und kicherten wieder.

Ich war nämlich nicht der Typ, der Sachen vergaß. Oder den Unterricht schwänzte. Man würde mich nie während der Mathestunde mit Thea, Ronja und Shirin in der Kantine sehen, um es mal so zu sagen. Aber bei Sport? Da hatte ich keine Hemmungen.

Nils ging weiter zu den Garderoben.

Ich schaute mich nach allen Seiten um. Immer noch keiner in der Nähe.

»Nils?«

»Ja?«

Er drehte sich um.

»Nur, damit das klar ist: Es ist auch gar nicht so übel, mit dir befreundet zu sein. Auch wenn du ein ziemlicher Feigling bist.«

Ganz sicher war ich mir nicht, aber es sah aus, als ob er mir zuzwinkerte.

»Wir sehen uns in der Sporthalle, Annebino!«, sagte er mit einem Lächeln.

Dieses Lächeln hatte ich definitiv gesehen.

3 Weltraumwesen

Eigentlich heiße ich Anne Bea. Anne nach Oma und Bea, weil das Papas Lieblingsname ist. Nur Nils nennt mich Annebino.

Alles fing damit an, dass er dachte, das wäre mein richtiger Name.

Als wir in die Unterstufe kamen, wurden wir am ersten Schultag nämlich nebeneinandergesetzt. Wir waren uns vorher noch nie begegnet, aber zum Glück benahm er sich nicht wie Brage aus dem Kindergarten, der bei meinem Anblick zu heulen angefangen hatte. Nils aber lehnte sich vor und fragte mich:

»Und wer bist du?«

Kein *Wie heißt du?*, sondern *Wer bist du?*. Als wäre ich ein seltsames Wesen aus dem Weltraum, das urplötzlich neben seinem Pult gelandet war. Und das glaubte er vermutlich auch.

»Ich bin Anne Bea«, sagte ich.

Was hätte ich auch sonst sagen sollen?

Aber Nils war wegen dieses Weltraumwesens neben sich offenbar so baff, dass er das bisschen, was ich gesagt hatte, nicht ganz mitbekommen hatte.

Am nächsten Morgen kam er auf seinen kurzen, dünnen Beinen auf mich zugelaufen, lächelte dieses typische Lächeln, das sein Gesicht in zwei Hälften teilte, und rief:

»Hallo, Annebino!«

Da war *ich* es, die baff war.

Wie sich herausstellte, hatte seine Mutter ihm erzählt, warum ich so aussehe, wie ich aussehe, und er hatte prompt meinen Namen mit dem Begriff dafür durcheinandergebracht. Doch obwohl er erfuhr, wie ich wirklich heiße, blieb Annebino irgendwie hängen.

Anfangs hatte er den Namen meistens aus Quatsch benutzt, aber nach einiger Zeit schlich er sich auch so ein. »Bitte, Annebino, wenn du mir bei den Mathehausaufgaben hilfst, bringe ich dir auch bei, wie man Trampolin springt«, sagte er beispielsweise. Oder: »Kannst du nicht mal deinen Hintern in Bewegung setzen, Annebino«, wenn er fand, dass ich die Straße zu langsam überquerte. Oder: »Gut, Annebino!«, als ich endlich von ihm gelernt hatte, wie man Trampolin springt.

Schließlich war der Name einfach an mir kleben geblieben.

Mittlerweile dachte ich nicht mal mehr darüber nach, dass er mich Annebino nannte. Genau wie meine Eltern, die sich inzwischen auch daran gewöhnt hatten. Sie waren sonst immer ziemlich beschützend und reagierten klasse, wenn andere Kinder oder Erwachsene etwas Fieses zu mir sagten. Aber bei Nils wussten sie, dass er es nicht böse meinte.

Sie nannten mich sogar selbst ab und zu mal Annebino. Wahrscheinlich fiel es ihnen gar nicht mehr auf, aber mir. Es machte mir nicht wirklich etwas aus, wenn sie mich so nannten, aber es war ein bisschen komisch, wenn es von jemand anderem als Nils kam. Irgendwie war das sein Name für mich.

Der Einzige, dem ich außer Nils vielleicht noch erlaubt hätte, mich Annebino zu nennen, wäre Magnus von *Fuck Justin* gewesen.

Magnus hatte blonde Locken, Lachgrübchen, zwei große Brüder, und auch alles andere an ihm machte klar, dass er zur Topliga gehörte. Als er am 11. Januar zwölf geworden war, stieg bei ihm die Party aller Partys, mit einer Discokugel an der Decke und einer Knutschecke unter der Kellertreppe. Nicht, dass Nils und ich eingeladen gewesen wären, aber am Montag danach hatte es an unserer Schule kein anderes Gesprächsthema gegeben, als dass die Topliga der siebten, und selbst welche aus der achten und neunten Klasse dagewesen waren.

So ein Junge war er.

Ich dagegen spielte seit meiner Geburt in der untersten Liga. Als ich am ersten März zwölf geworden war, kam nur Nils. Eigentlich hatte ich auch nicht damit gerechnet, dass meine anderen Klassenkameraden dieses Jahr kommen würden, meine Enttäuschung hielt sich deshalb in Grenzen. So hatten Nils und ich die ganzen Smartieskekse für uns und aßen so viele Lakritzschlangen, dass wir uns beinahe übergeben mussten. Ich hatte extra noch ein paar mehr besorgt, weil Mari und Hanna-Merete gesagt hatten, dass sie eventuell kommen wollten.

So ein Mädchen war ich.

Ihr könnt euch also vorstellen, dass Magnus und ich uns nicht gerade besonders nahestanden.

Doch obwohl ich bisher kaum ein Wort mit ihm gewechselt hatte, fuhr ich trotzdem total auf ihn ab. Warum, wusste ich selbst nicht ganz, denn er war nur mit Leuten zusammen, die ich blöd fand, wie Aksel oder Felix, ganz zu schweigen von den Superzicken Thea, Ronja und Shirin.

Aber wenn ich genauer darüber nachdachte, war vielleicht genau das der Grund dafür – obwohl Magnus, Freunde betreffend, einen echt schlechten Geschmack hatte, war er selbst nicht blöd. Er hatte zum Beispiel noch nie etwas Fieses zu mir – oder zu ZP-Celine oder Brand-Birk – gesagt. Und das hätte er leicht tun können, so süß, cool und beliebt, wie er war. Ihm hätte man vieles durchgehen lassen. Genau wie Thea, die auch mit dem meisten davonkam, nur weil sie mit den Wimpern klimperte oder ihr zuckersüßes Lächeln aufsetzte, das so falsch war, dass ich nicht verstand, weshalb die anderen sie nicht durchschauten!

Nicht, dass Magnus wusste, dass ich ihn mochte – seid ihr verrückt?! Nur Nils wusste, an wen ich dachte, wenn ich Herzen an den Rand des Sozialkundebuches malte. Jemand anderem hätte ich es auch niemals erzählt. Schließlich war mir klar, was für eine verschwindend geringe Chance ich bei ihm hatte. Auf jemand wie mich standen Jungs nicht, zumindest keine Jungs aus der obersten Liga wie Magnus.

Jetzt denkst du vielleicht, das liegt daran, dass ich so ein extrem schüchterner und langweiliger Typ bin, der niemandem auffällt. Dass ich so eine Brillenschlange bin, die in der Klasse in der ersten Reihe sitzt und mit der Wand verschmilzt.

Wenn es nur so gewesen wäre!

Denn das war ich nicht.

Eine Sache hatte ich mit Thea gemeinsam – mal abgesehen davon, dass wir beide in die 7A gingen – und zwar, dass mich jeder an der Schule kannte.

Aber nicht, weil ich so cool war.

Nicht, weil ich so schön war.

Und *ganz bestimmt nicht*, weil ich so beliebt war – sondern, weil ich ein Freak war.

4 Dark Horse

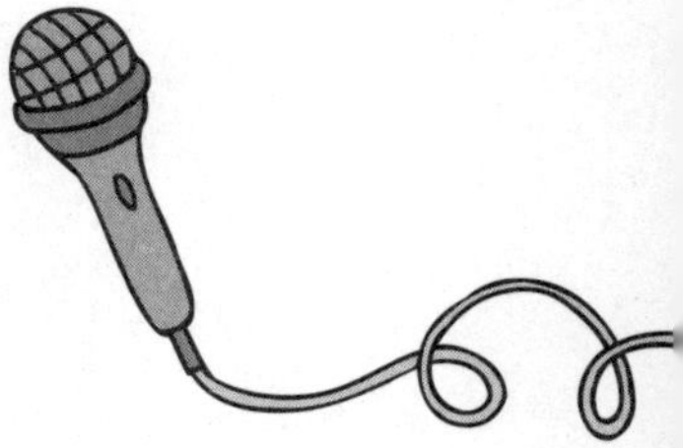

Alle, die meinen Namen nicht kannten, nannten mich den *Albino*.

»Da ist der Albino, guck dir ihre Augen an«, tuschelten sie. »Sie sausen hin und her wie zwei Ping-Pong-Bälle.«

»Eigentlich 'ne schicke Sonnenbrille, die der Albino da trägt, ist wohl der letzte Schrei beim Blindenverband«, kicherten sie im Frühjahr.

»Hast du den Albino gesehen?«, sagten sie lachend im Winter. »Sie ist so leichenblass, dass sie mit dem Schnee verschmilzt.«

Manche sagten auch: »Der arme Albino.« Das taten vor allem die tollen, gut aussehenden Mädchen aus der zehnten Klasse. Mädchen, die mir eiskalt zulächelten, wenn sie an mir vorbeigingen.

Der arme Albino, sprach es aus ihren Blicken. Stell dir vor, du müsstest *so* aussehen.

Solche Mädchen hasste ich.

Außerdem war ich auch gar kein *Albino*. Aber darum machte ich inzwischen keinen Wirbel mehr. Nannte mich manchmal sogar selbst Albino. Es gab genügend andere Dinge, über die ich mir Sorgen machen konnte, da musste ich den anderen nicht auch noch erklären, dass ich kein Albino, sondern *mit Albinismus geboren* war.

Ab und zu fand ich es sogar ganz in Ordnung, ein Albino zu sein.

Wenn man erst mal als Freak galt, gab es Schlimmeres da draußen: ZP-Celine und Brand-Birk waren zum Beispiel weitaus schlechter dran. Oder dieser Typ, den Nils und ich einmal gesehen hatten, der weder Arme noch Beine hatte und dem eine Art Strohhalm aus dem Mund ragte, mit dem er Dinge auf eine Tafel schrieb.

Ich hatte Arme und Beine und konnte hören, sprechen und gehen. Ich war weder dick noch extrem groß oder klein und hatte auch keine Wunde, die mein halbes Gesicht bedeckte. Ich bekam sogar allmählich Brüste. Noch waren sie nicht so groß, dass es etwas ausmachte, aber sie waren zumindest da. Außerdem sind Vampire schließlich auch leichenblass, und bei ihnen ist das ein Schönheitskriterium.

Manchmal kam mir sogar der Gedanke, dass ich

irgendwie etwas Besonderes war, immerhin gab's nicht so viele von mir. Tatsächlich hatte ich in meinem ganzen Leben – mich selbst mal ausgenommen – bisher nur drei Albinos gesehen. Einen Jungen in einem Einkaufszentrum, als ich sechs war, und im vorletzten Jahr zwei alte Damen, als Mama, Tante Mona und ich auf Mädelstour in London waren. Sie haben uns sogar angesprochen.

Sie sagten, es sei selten, dass sie so jungen Albinos wie mir begegneten. Danach stellten sie sich als Dorothy und Anne vor und erzählten, dass sie seit mehr als sechzig Jahren durch dick und dünn miteinander gingen. Dorothy spendierte uns Schokoladenkugeln aus einer Naschtüte und nannte mich *Dear*, und als meine Mutter sagte, dass ich ebenfalls Anne hieße, war die englische Albino-Anne so gerührt, dass sie Dorothy die Tüte aus der Hand riss und mir gleich alle Schokoladenkugeln zusteckte.

Anschließend sagte Mama, dass ich später, wenn ich älter sei, noch dankbar für diese Episode sein würde. Als wir wieder nach Hause kamen, habe ich die Tüte sofort in mein Tagebuch geklebt.

Manchmal aber wollte ich einfach nur so wie alle anderen sein und kein Albino, dann tauchte ich in meine Normalo-Welt ab.

In meiner Normalo-Welt musste ich im Klassenzimmer nicht in der ersten Reihe sitzen, weil ich so schlecht sah, musste im Tageslicht nicht die Augen zusammenkneifen, und in meiner Normalo-Welt irrte mein Blick auch nicht ständig umher, sodass andere mich komisch anguckten und für seltsam hielten – oder schlimmer noch: für blind!

Doch, wirklich, stellt euch folgende Szene vor:

Du willst gerade eine Straße überqueren und ahnst nichts Böses, aber plötzlich kommt jemand angelaufen, fasst dich am Arm und eine Frauenstimme schreit in dein Ohr: »Hab keine Angst, ich helf dir rüber!«

Stell dir vor, du versuchst zu erklären, dass du allein die Straße überqueren kannst, aber grade in dem Moment fährt ein Auto vorbei, sodass du leicht zusammenzuckst. Und dass die Frau, die nach deinem Arm gefasst hat, dich zurück auf den Fußgängerweg zerrt, damit du nicht überfahren wirst. Dass die Bremsen des Wagens kreischen, die Frau den Fahrer anschreit und du in diesem ganzen Durcheinander an der Gehsteigkante stolperst und in eine Matschpfütze fällst.

Stell dir vor, dass das Ganze vor den Augen deiner Mitschüler passiert.

Mir war das dieses Jahr am ersten Tag nach den Sommerferien passiert – direkt vor der Schule, nur ein paar Meter von den Bänken entfernt, auf denen die oberste Liga der Siebten saß.

Das war nicht so toll, das kann ich euch sagen!

Nils kam angelaufen und half mir auf, aber der Schaden war ja schon angerichtet. Auch wenn ich nicht sehen konnte, wie die anderen mich auslachten und die Frau so laut krakeelte, dass ich das brüllende Gelächter um mich herum nicht richtig hörte, spürte ich es bis auf die Knochen. Ja, ihr Gelächter schnürte mir so die Luft ab, dass ich kaum atmen konnte.

Und ratet mal, wen ich als Erstes sah, als ich endlich den Matsch von meiner Brille gewischt hatte?

Genau, Magnus!

Er hatte auf einer Bank den Arm um Ronja geschlungen und sah mich direkt an.

Ich spürte, wie mir erneut der Atem stockte, und wenn Nils nicht gewesen wäre, wäre ich bestimmt noch einmal aus den Latschen gekippt. Aber Nils sah glücklicherweise die Zeichen und zog mich über die Straße Richtung Sprungschanze.

»Er hat nicht gelacht«, sagte er, nachdem wir uns ein Stück weiter oben auf die Aufsprungbahn gesetzt hatten.

Ich schluchzte.

»Das hab ich ganz deutlich gesehen, Annebino. Nur

die anderen haben gelacht«, versicherte er mir noch einmal.

Ich wusste ja, dass er das nur sagte, um nett zu sein, trotzdem half es in dem Moment ein bisschen. Es half, dass Nils begriffen hatte, was das Schlimmste daran war, schlimmer noch, als dass alle an der Schule gesehen hatten, wie ich hingefallen war – nämlich dass Magnus über mich gelacht hätte, weil ich für blind gehalten worden war.

Ich war nämlich nicht blind.

Ich sah einfach nur furchtbar schlecht!

»Hier, ich habe es aus der Matschpfütze aufgesammelt«, sagte Nils und reichte mir mein Pausenbrot. »Ich glaube nicht, dass viel Wasser reingesickert ist.«

Meistens aßen wir unser Pausenbrot in der Schulbibliothek, aber ab und zu gingen wir auch zu der alten Sprungschanze gegenüber der Schule. Schließlich gab es nicht so viele, die mit uns Mittag essen wollten, da konnten wir genauso gut irgendwo sitzen, wo wir eine schöne Aussicht hatten. Und zur Sprungschanze wollten wir auch gerade gehen, als die Frau mich dann am Arm gefasst hatte.

Ich wickelte zwei patschnasse Brotscheiben mit Karamellkäse und Paprika aus dem Papier.

»Danke, dass du mich gerettet hast.«

»Keine Ursache.« Nils lächelte.

Ich erwiderte sein Lächeln, wusste aber, dass ich am nächsten Tag die Schule schwänzen und einen Abtauchtag einlegen würde.

In meiner Normalo-Welt fiel ich nie hin, ich stieß auch nicht gegen aufgetürmte Limokästen und wurde auch nicht für blind gehalten. In ihr musste ich mir nicht anhören, dass ich wie eine alte Frau aussah oder niemals einen Freund haben würde, weil ich so hässlich sei. In ihr gab es keine Thea, die mich *Arschgesicht*, *Weirdo* oder *Fucking Loser* nannte.

In meiner Normalo-Welt hatte ich lange dunkelbraune Haare und war Sängerin der coolsten Band der Schule. Sie hieß *Dark Horse*, und wir übten einmal pro Woche in der Sporthalle. Nils spielte Keyboard darin und mein Freund Schlagzeug. Ab und zu hatten wir sogar Gastmusiker an der Geige oder dem Tamburin, und wir trugen immer schwarze Klamotten und Pulswärmer auf der Bühne. Wir waren weder Goths noch Emos oder so, wir zogen uns nur gerne so an – um zu zeigen dass wir zusammengehörten, sozusagen.

Zu unseren Proben kamen oft Schüler aus der Siebten, um uns zuzuhören, ab und zu auch welche aus der Achten oder Neunten. Manchmal war Magnus eifersüchtig, weil mich alle so cool und unwiderstehlich fanden, wenn ich sang. Aber er brauchte sich keine Sorgen machen – ich würde nie Schluss mit ihm machen, schließlich war er der beste Freund und Schlagzeuger der Welt.

Wenn ich ganz ehrlich war, genehmigte ich mir ziemlich viele solcher Abtauchtage.

5 Work that body!

»Heute auch nicht?«

Stahlfaust, unsere Sportlehrerin, kam in der Sporthalle auf mich zu.

Ich schüttelte den Kopf.

»Ich fühl mich nicht so gut.«

Stahlfaust sammelte einen Volleyball auf und warf ihn in den Ballraum. Die Pokale auf dem Regal klirrten, als er gegen die Wand prallte. Obwohl Stahlfaust schon fast so alt ist wie meine Großeltern, schlägt sie immer noch alle Jungs aus der Klasse im Armdrücken. Daher auch ihr Spitzname, hat mir meine Mutter erzählt – weil sie schon als junge Frau so starke Muckis hatte. Eigentlich heißt sie nämlich Frau Kleppe.

»Ist es okay, wenn ich einfach nur auf der Bank sitze und zuschaue?«, fragte ich sie.

»Was heißt schon okay, Anne Bea. Hast du eine Entschuldigung dabei? Mittlerweile ist es schon ziemlich lange her, dass du am Sportunterricht teilgenommen hast.«

Sie hatte recht.

Seit Beginn des neuen Schuljahres war ich kaum beim Sport gewesen. Dreimal hatte ich eine Entschuldigung mitgehabt, aber die anderen Male hatte ich Frau Kleppe einfach nur gesagt, dass ich mich nicht so gut fühlte.

»Es ist ja nicht so, dass du keinen Sport treiben könntest«, sagte sie. »Weder sitzt du im Rollstuhl wie Celine, noch hast du dir wie Hanna-Merete den Arm verstaucht. Also muss der Rektor dir entweder bescheinigen, dass du nicht am Sportunterricht teilnehmen kannst, oder du musst anfangen, häufiger dein Sportzeug mitzunehmen.«

Ich nickte.

Das sagte sie immer und ich nickte jedes Mal.

»Komm her!«, sagte sie und breitete ihre Arme aus.

Ich holte tief Luft.

Wenn man die Umarmung kommen sieht und es schafft, sich zu wappnen geht es, aber wenn nicht, riskiert man, erdrückt zu werden. Stahlfaust ist nämlich nicht nur stark, sie hat auch die größten Brüste, die man sich vorstellen kann. Sie sind wie zwei riesige

Kopfhörer, schließen luftdicht ab und sperren sämtliche Geräusche aus.

Nicht nur ich hatte das erfahren. Nils musste sich schon mal hinlegen, nachdem er zufällig einer ihrer Umarmungen zum Opfer gefallen war. Es sei so gewesen, als wäre ihm Blut abgenommen worden, so ein Ohrensausen habe er gehabt, sagte er später. Und Aksel hatte ich zum ersten Mal Angst bekommen sehen, als er sich im letzten Jahr in der Sportstunde an einem Kaugummi verschluckte und kaum husten konnte, bevor sie von hinten die Arme um ihn schlang und zudrückte. Zuerst war sein Hinterkopf nicht mehr zu sehen gewesen, danach seine Wangen, sein Kinn, seine Stirn und sein Mund. Das Letzte, was wir von Aksel sahen, bevor er zwischen ihren Brüsten verschwand, waren eine knallrote Nase und ein verzweifelter Blick. Fünf Sekunden später schoss ein weißer Kaugummiklumpen zwischen den Kopfhörerbrüsten hervor und landete auf Theas Sportschuh.

»Ich weiß, dass du keine Lust auf Sport hast, aber es wird ja nicht einfacher, wenn du jedes Mal auf der Bank sitzt. Wie sollst du da jemals besser werden?«, sagte sie, das Kinn in meine Haare vergraben.

Ihr zu antworten, war unmöglich – mein Gesicht saß fest.

Nicht, dass ich etwas zu sagen gehabt hätte. Konnte ja sein, dass Nils schlecht Fußball spielte, aber da habt ihr mich noch nicht gesehen! Ich war beim Ballspielen eine solche Niete, dass Frau Kleppe mir in der Sportstunde extra andere Aufgaben gab. Wie zum Beispiel am einen Ende der Sporthalle hin und her zu laufen, während die anderen am oberen Ende Volley- oder Basketball spielten.

Dauerlauf lag mir auch nicht besonders. Und ich bekam während so einer Stunde mindestens einmal den Ball ins Gesicht, sodass mir die Brille herunterfiel oder ich stürzte. Und weil ich wegen meiner schlechten Augen nicht sehen konnte, ob das nur ein dummer Zufall war oder mich jemand absichtlich mit dem Ball getroffen hatte, rappelte ich mich bloß wieder auf und lief weiter, etwas anderes traute ich mich nicht. Verarzten tat ich meine Schürfwunden immer erst nach der Stunde. Nur im Schwimmen schlug ich mich so leidlich. Aber die Mädchen aus unserer Klasse hassten Schwimmen, und ganz abgesehen davon war das Wasser aus dem Schulschwimmbecken abgelassen worden.

»Na gut, setz dich auf die Bank«, sagte Frau Kleppe und entließ mich aus ihrem Griff. »Aber beim nächsten Mal nimmst du dein Sportzeug mit, sind wir uns da einig?«

Ich nickte noch einmal.

Eigentlich wäre ich am liebsten aus der Halle gegangen und hätte mich irgendwo zum Lesen hingesetzt, wenn ich nicht am Sportunterricht teilnehmen musste. Wenn die anderen aus meiner Klasse herumrannten und wild schrien, wie in den Sportstunden, machte mich das immer besonders nervös. Da war die Hemmschwelle, dass sie irgendetwas Gemeines zu mir zu sagten, irgendwie noch niedriger. Aber ich wusste, dass Frau Kleppe beim nächsten Mal strenger sein würde, wenn ich mich wieder rausschlich. Vielleicht würde sie sogar meine Eltern anrufen, um mit ihnen über mein Schwänzen zu reden.

»SEID IHR SO WEIT?!!«

Ich hatte mich kaum auf die Bank gesetzt, als die Tür zur Sporthalle aufgerissen worden war und meine Klasse hereingestürmt kam.

»Stellt euch in zwei Reihen hinter mir auf, dann fangen wir noch mal ganz von vorne an!!«

Nur Thea konnte sich zugleich zickig und cool anhören.

Alle Mädchen bis auf Hanna-Merete liefen zur Spiegelwand am anderen Ende der Halle. Dass es die Mädchen waren, sah ich daran, dass ihre Haare hinter ihnen herflogen. Bis auf Mari mit ihrer Pilzkopffrisur hatten alle Mädchen aus der Klasse lange Haare.

Die Jungs stellten sich gegenüber von mir an der Sprossenwand auf. Nils auch, ihn konnte ich immer erkennen, denn nur er kam auf die Idee, in knallrosa Shorts und T-Shirt und neongelben Laufschuhen in den Sportstunden zu erscheinen. Wir hatten nie darüber geredet, aber bestimmt zog er sich meinetwegen so an – damit ich ihn von Weitem erkennen konnte, falls ich plötzlich seine Hilfe brauchen sollte.

Wenn das kein Freund war!

»Nein, nicht da, Mari! Du musst hinter Ronja stehen. Und Ahn, du musst auch hinten stehen!«

Thea rannte zwischen den Mädchen hin und her, ihre langen blonden Haare flatterten.

»Und du Frida, gehst dahin und du dahin und … HE, NUN MACHT SCHON!! So schwer kann das doch nicht sein?! Alle, bis auf Ronja und Shirin, müssen HINTEN stehen!!«

»Dann werden das aber keine zwei Reihen, sondern ein Halbkreis hinter euch dreien«, sagte Mari.

Ich machte mich auf der Bank ganz klein. Mari hatte wohl vergessen, mit wem sie da sprach. Niemand konnte so mit Thea sprechen, ohne es noch Wochen später an den Kopf geworfen zu bekommen.

Ich redete, wie gesagt, aus Erfahrung.

»*Ich* bin hier die Choreografin!«, schnauzte Thea sie an. »Falls du ein Problem damit hast, schlage ich vor, du gehst besser!«

»Nein, nein, so hab ich das nicht gemeint. Ich dachte nur, dass wir …«, sagte Mari rasch.

»Sieh lieber zu, dass du lernst, Arme und Beine richtig zu gebrauchen, damit du dich auf der Bühne nicht total blamierst!«, herrschte Thea sie an.

Ich konnte Maris Gesicht so weit entfernt am anderen Ende der Halle natürlich nicht erkennen, ging aber davon aus, dass es hochrot geworden war.

»Heute auch nicht?«

Hanna-Merete setzte sich neben mich auf die Bank.

Ich schüttelte den Kopf.

»Mir geht's nicht so gut.«

Hanna-Merete richtete die Bandage an ihrem rechten Arm.

»Ich weiß, was du meinst. Thea hat manchmal diese Wirkung auf andere.«

Flüchtig lächelten wir uns an.

Irgendwie war es seltsam, dass mir das in dem Moment einfiel, aber Thea und Hanna-Merete waren die Klassenkameradinnen, die ich am längsten kannte. Nils lernte ich ja erst kennen, als wir in die Unterstufe kamen, und von den anderen wusste ich da nur gerade so, wer sie waren. Bloß mit Thea und Hanna-Merete hatte ich früher schon mal gesprochen, wir waren nämlich zusammen im Krankenhauskindergarten.

Thea und ich waren damals schon nicht wirklich miteinander befreundet. Ich spielte ein bisschen mit Hanna-Merete und Johanne, die mittlerweile in unserer Parallelklasse war, aber wann immer sie Gelegenheit dazu hatten, ließen sie mich allein. Meistens spielte ich also für mich allein oder mit Jøgge, meinem Lieblingskindergärtner.

Vielleicht hatte ich die leise Hoffnung, dass Hanna-Merete und ich uns ein bisschen enger anfreunden würden, als wir in dieselbe Klasse kamen. Aber ich merkte schnell, dass sie andere Pläne hatte, sie setzte sich nämlich neben Thea in die letzte Reihe des Klassenzimmers. Aber Thea wollte lieber mit Ronja und Shirin befreundet sein. Ich glaube, Hanna-Merete bereute alles ein bisschen, als sie sah, wie viel Spaß Nils und ich in der ersten Reihe zusammen hatten.

»Frau Kleppe, SIND SIE SO WEIT?

Theas Stimme schallte durch die Sporthalle, prallte hinter Hanna-Merete und mir gegen die Wand und landete im Ballraum, wo sich Stahlfaust über die Musikanlage beugte. Thea war offenbar erlaubt worden, einen Teil der Sportstunde irgendeinen Tanz einzuüben.

»Gut, nehmt eure Positionen ein!!«

Ich kniff die Augen zusammen, um so viel wie möglich zu erkennen.

Thea hob den rechten Arm und setzte die Füße eine Handbreit auseinander. Links und rechts von ihr, versetzt hinter ihr stehend, taten Ronja und Shirin dasselbe. Wer wer war, konnte ich nicht erkennen. Sie haben beide lange dunkle Haare und sind superschlank, von Weitem sehen sie also völlig gleich aus. Die anderen Mädchen in der letzten Reihe taten es ihnen nach.

Dann drückte Stahlfaust auf *Play*.

Obwohl die Lautsprecher in der Sporthalle furchtbar alt sind und knistern, konnte kein Zweifel daran bestehen, was da dröhnend aus der Anlage kam – Rihanna.

»Wartet, bis ich das Startsignal gebe!«, schrie Thea.

Sie begann, im Rhythmus des Intros zu wippen.

»Noch fünf Sekunden … *come aliiiive* … JETZT!!!!«

Als das Schlagzeug einsetzte, ließ Thea eine Choreografie vom Stapel, die die Jungs an der Sprossenwand fast umwarf. Sie steckten die Köpfe zusammen und tuschelten wie verrückt, und Aksel machte diese Hüftbewegung, die er immer macht, wenn Thea in der Nähe ist.

»Na los, Mädels, WORK THAT BODY!!!!«, kreischte Thea.

Jedenfalls konnte niemand behaupten, dass *sie* ihren Körper nicht arbeiten ließ. Sie hüpfte und sprang und wippte, lehnte sich immer wieder nach vorne und beugte sich mit rausgestrecktem Hintern zum Spiegel.

»Noch mehr«, rief sie. »Beugt euch noch weiter vor! Die Brüste, Mädels!! Die Brüste raus!!!!«

»Was hab ich gesagt?«

Nils ließ sich neben mich auf die Bank fallen.

Verwirrt sah ich ihn an.

»Guck mal, was Thea in der Hand hält«, sagte er.

Ich kniff die Augen so fest zusammen, dass mir beinahe schwindelig wurde.

Da sah ich es. Sie schwenkte irgendeinen Stab, drehte ihn wie einen Tambourstock in der Luft, bevor sie ihn zum Gesicht führte und –

Nein!!

Ein Mikrofon!

Der Stab in Theas Hand war ein Mikrofon!

»Sie hat am Freitag alle Mädchen gefragt«, sagte Hanna-Merete. »Na ja, alle, bis auf ...«

Sie sah mich an und räusperte sich.

»Ich sollte eigentlich auch mittanzen«, redete sie weiter, »aber dann ist am Wochenende ja das hier passiert, also ...«

Sie hob ihren bandagierten Arm hoch.

»Habt ihr nicht gehört?!«, brüllte Thea vor der Spiegelwand. »RAUS MIT DEM HINTERN UND DEN BRÜSTEN!!!! In zwei Wochen MUSS das sitzen!!«

Ich sah blinzelnd zu Boden.

Nils hatte sich nicht getäuscht.

Thea und *Fuck Justin* würden beim Talentwettbewerb einen Song von Rihanna spielen. Und nicht nur das. Sie würden das Ganze mit einer Tanzshow toppen, in der alle Mädchen aus der Klasse mitmachten – alle bis auf mich.

Nils stupste mir seinen Ellenbogen in die Seite.

»Aber sie können noch so viel diesen Tanz üben, Annebino. So gut wie du wird Thea nie singen«, sagte er.

Ich seufzte.

Typisch!

Typisch!!

TYPISCH!!

Thea rechnete bestimmt damit, dass die ganzen Verrenkungen und Verbeugungen von ihrem katastrophalen Geplärre ablenken würden.

Und das Schlimmste war, sie hatte damit garantiert recht!

6 Ein helles Köpfchen

Ihr kommt bestimmt drauf, was ich am nächsten Morgen nach dem Aufwachen am liebsten getan hätte.

Genau.

Die Schule schwänzen und einen Abtauchtag einlegen.

Ich versuchte, meiner Mutter beizubringen, dass ich nicht richtig in Form war, aber sie zog nur meine Decke weg und sagte, dass ich so nicht weitermachen könne.

»Was wäre, wenn jeder nicht zur Schule gehen würde, der sich nicht ganz in Topform fühlt? Wenn man zwölf Jahre alt ist, ist man nie in Topform.«

Ich zog die Decke wieder zurück, aber meine Mutter wiederholte nur immer dieselbe Leier.

»Als Tante Mona in deinem Alter war, war sie so klein wie ein Zwerg«, sagte sie. »Stell dir dazu noch eine Zahnspange vor und jeden Tag einen *Bad Hair*

Day, und du hast den perfekten Verlierertyp. Doch dann verging die Zeit, sie wuchs heran, bekam Brüste, ihre Menstruation und eine anständige Frisur, und damit war die Sache geritzt.«

Tante Mona war Mamas jüngere Schwester und meine Lieblingstante. Doch obwohl ich wusste, dass meine Mutter nur versuchte, mich zu trösten, wenn sie so etwas sagte (denn diese Geschichte hatte ich schon hundert Mal gehört), half es nicht besonders. Zum einen gab sie damit ja sozusagen zu, dass ich genauso ein hoffnungsloser Fall war, wie Tante Mona es gewesen war, und zum anderen konnte man uns nicht vergleichen.

Tante Mona hatte das schließlich irgendwann hinter sich gelassen – sie wurde größer, bekam einen neuen Haarschnitt, und *schwupps!*, war sie normal und hatte sogar einen Freund mit dem Spitznamen Mecki-Rune, der für sie aus dem Musikraum der Schule ein Tamburin klaute, als sie vierzehn waren. Sie sprach immer noch von ihm.

Aber ich?

Ich würde das nie hinter mir lassen können, würde für den Rest meines Lebens schlohweiße Haare und leichenblasse Haut haben und die Augen zusammenkneifen müssen, um etwas zu sehen, meine Augäpfel würden weiter hin- und herzucken, und ich würde schlecht sehen.

Ich würde nie normal sein!

Und eigentlich war es auch nicht gelogen, als ich meiner Mutter sagte, dass ich nicht in Topform sei, denn ich war am ganzen Körper verkrampft, und überall stach es. Manchmal schien mir mein Körper zu eng für alles in meinem Inneren. Es war so, als hätten mein Herz, die Lungen und die anderen Organe zu wenig Platz. Dann konnte ich noch nicht einmal weinen, so zugeschnürt war alles in mir, ich lag nur zitternd da, ohne einen Mucks von mir zu geben, und es kamen auch keine Tränen. Nichts. Ich zuckte nur ein paarmal, während ich zu atmen versuchte.

So war es auch an dem Morgen, aber meine Mutter weigerte sich, nachzugeben, und so saß ich schließlich mit Cornflakes und Kapitän Säbelzahn am Küchentisch.

Hin und wieder fragte ich mich, wie mein Leben wohl verlaufen würde, wenn ich einen großen Bruder gehabt hätte. Ob das etwas geändert hätte? Alle wissen ja, dass große Brüder deinen Beliebtheitsgrad erhöhen. Hätte ich einen großen Bruder gehabt, der ganz normal gewesen wäre, vielleicht sogar als cool gegolten hätte, hätte vielleicht alles anders ausgesehen.

Aber das würde ich nie erfahren, hatte ich doch den fünfjährigen Kristoffer am Hals, der Astronaut und Legobaumeister werden wollte, wenn er groß war, beziehungsweise Kapitän Säbelzahn, da war ich mir nicht ganz sicher. Seitdem er von meinen Eltern ein Säbelzahn-Kostüm und einen Seeräuberhut geschenkt bekommen hatte, lief er nur noch darin herum. Und verlor überall im Haus schwarze Hutfedern.

»Sitz nichts so krumm, Anne Bea«, ermahnte Mama mich, als sie mir die Milch reichte. »Die Dinge werden nicht besser, wenn du wie eine Bucklige herumhumpelst.«

Ich wusste nicht, ob sie sich dessen bewusst war, aber immer, wenn sie etwas miteinander verglich, zog sie irgendeinen Freak dafür heran.

»Hast du gesehen, wie Mona gestern mit Sivertsen geflirtet hat?«, hatte ich sie zum Beispiel im Sommer zu Papa sagen hören. Den Abend davor waren ein paar Nachbarn bei uns zu Besuch gewesen, und als Tante Mona zufällig hereingeschneit war, hatte sie sich neben Sivertsen von Hausnummer 19 auf die Veranda gesetzt. Er verkaufte Kühlschränke und ihm wuchsen Haare aus den Ohren.

»Kann ja sein, dass sie in ihrer Verzweiflung zu

manchem Mittel greift, aber doch nicht, vor Lachen so zu grunzen wie ein Neandertaler!«

Ein anderes Mal hielt sie plötzlich beim Staubsaugen inne und beobachtete, wie Nils und ich Hausaufgaben am Küchentisch machten. Wir waren gerade bei einer ziemlich kniffligen Matheaufgabe, und ich lehnte mich zu ihm hinüber, um festzustellen, ob er sie gelöst hatte.

»Wenn man euch so anschaut, könnte man glauben, ihr wärt siamesische Zwillinge«, sagte sie schmunzelnd.

Zwerge, Bucklige, Neandertaler und siamesische Zwillinge – alles Freaks.

Eines Tages wird sie mich noch mit einem Albino vergleichen, wetten?

»Jetzt musst du aber mal ein bisschen raus in die Sonne, sonst hält man dich noch für einen Albino«, wird ihr entschlüpfen. Dann, zwei Sekunden später, werden sich ihre Wangen dunkelrosa färben, sie wird sich die Nase reiben und sagen: »Nein, hat man so was schon gehört … wie kann man denn nur so was sagen!«

Das sagte sie jedes Mal, wenn sie eine Bemerkung bereute. So auch, als sie meinen Vater *mein Pillemännchen* genannt hatte. Aber er hatte nur gelächelt und ihr den Po getätschelt. Und so schlimm war das *Pillemänn-*

chen ja auch nicht, es war viel schlimmer, mit einem Freak verglichen zu werden!

»Zeit, aufzubrechen!«

Meine Mutter griff nach meiner halb vollen Cornflakesschale. Ich konnte gerade noch den Löffel hineinschmeißen, bevor sie damit zur Geschirrspülmaschine lief.

Das machte sie immer so – fing an, den Tisch abzuräumen, bevor man fertig gegessen hatte. Noch nicht einmal Nils schaffte es, aufzuessen, wenn er bei uns war. Obwohl er das Essen wie ein Wolf in sich hineinschlingt.

Nachdem ich mir die Zähne geputzt hatte, ging ich in den Flur, zog Jeansjacke und Turnschuhe an und warf mir meinen Rucksack über. Ich sah nach, ob ich mein Handy und die Schlüssel dabeihatte, und ob meine Sonnenbrille in der Jacke steckte. Schließlich fehlte nur noch eines.

»Vergiss den Fahrradhelm nicht, Anne Bea!«

Als wäre es nicht schon schlimm genug, ein Freak zu sein, nein, ich musste auch ständig einen Fahrradhelm tragen. Meine Eltern weigerten sich, mich ohne Helm aus dem Haus gehen zu lassen.

Aber es könnte schlimmer sein. Bevor ich zur Schule kam, musste ich den Fahrradhelm selbst dann tragen, wenn ich *nicht* Fahrrad fuhr. Meine Eltern hatten eine Heidenangst davor, dass ich im Kindergarten vom Klettergerüst fallen oder an der Bordsteinkante stolpern und geradewegs auf die Straße fallen könnte. Als wäre ich der Typ, der so etwas tut!

Na ja, zugegeben, der war ich schon, aber das wusste ich damals natürlich noch nicht. Ich hatte also die Nase gestrichen voll davon, immer diesen Helm auf den Kopf gesetzt zu bekommen, sobald ich einen Schritt aus der Tür machte, mein Platz auf der Beliebtheitsskala verbesserte sich dadurch nicht gerade.

Wenn ich so darüber nachdenke, war es eigentlich seltsam, dass sie mich damals nicht einfach in mein Zimmer gesperrt und den Schlüssel weggeworfen haben – dann wären sie alle Sorgen losgewesen. Aber sie haben es vermutlich nicht gewagt, ich hätte ja das Fenster öffnen und einen Meter tief ins Blumenbeet fallen können.

»Anne Bea?«

Plötzlich stand meine Mutter im Türrahmen.

»Ich weiß, dass du es nicht immer so leicht hast, mein Schatz. Aber du hast uns und Tante Mona und Oma und Opa und Nils. Das ist gar nicht mal so wenig.«

Unsere Blicke trafen sich im Spiegel. Meinen Blick

einzufangen, ist nicht so einfach, meiner Mutter gelingt das irgendwie immer.

»Und du hast eine schöne Stimme und bist gut in der Schule«, fügte sie lächelnd hinzu. »Niemand soll sagen, meine Tochter sei kein helles Köpfchen!«

Sie zerzauste mir liebevoll meine schlohweißen Haare.

Zwei Sekunden später färbten sich ihre Wangen dunkelrosa.

»Nein, hat man so was schon gehört«, rief sie aus und rieb sich die Nase. »Wie kann man denn nur so was sagen!«

Ich seufzte und brachte meine Frisur wieder in Ordnung.

Ich mochte es am liebsten, wenn mir mein Pony ein kleines Stück über die Brille fiel. Ansonsten waren meine Haare glatt und schulterlang. Ich ließ sie wachsen, damit sie richtig lang wurden.

»Darf ich noch etwas sagen?« Mama fing erneut meinen Blick ein.

Ich nickte.

»Eine bessere Tochter als dich könnten Papa und ich uns auf der ganzen Welt nicht vorstellen, vergiss das nie.«

Ich wusste nicht, was ich sagen sollte, weshalb ich

einfach nur die Haustür aufmachte und mit dem Fahrradhelm in der Hand hinausging.

Man konnte viel über meine Mutter sagen – sie lachte über Papas doofe Witze, trug langweilige Klamotten und plapperte viel zu viel dummes Zeug. Aber ab und zu hatte sie ein paar lichte Momente. Dann sah sie einen mit ihren Kulleraugen an und zwinkerte einem kräftig zu.

Und sagte genau das, was einem in dem Moment guttat.

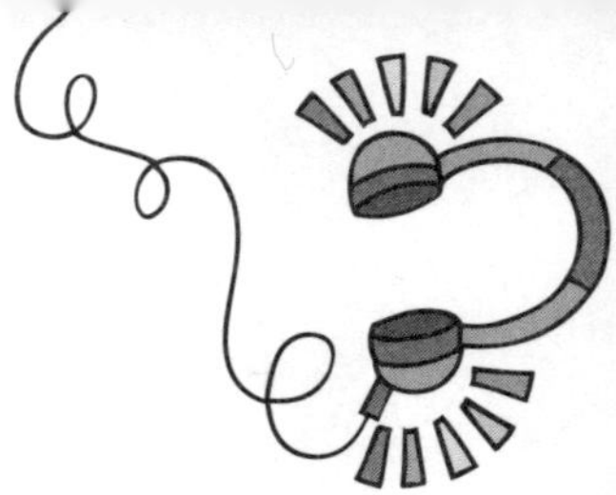

7 Ein perfektes Team

»Sie hat es schon wieder gesagt, Annebino!«

Nils kam auf mich zu, seine braunen Haare standen nach allen Seiten ab. Manchmal vergaß er, morgens, bevor er das Haus verließ, in den Spiegel zu gucken. Und da er sehr kräftige Haare hatte, sah man deutlich, wenn sie nicht gekämmt waren.

»Wer hat was gesagt?«, fragte ich und schob das Fahrrad in den Fahrradständer auf dem Schulhof. Nils hatte seins bereits angeschlossen. Wir kamen fast immer gleichzeitig zur Schule und wenn nicht, warteten wir hier auf einander. Dann sprachen wir uns vor der ersten Stunde gegenseitig Mut zu.

»Thea«, sagte er. »Als ich an ihr vorbeigegangen bin, hat sie mich einen Homo genannt.«

Seit wir in die Siebte gingen, nannte Thea Nils regelmäßig immer wieder Homo. Warum, wusste ich nicht. Vermutlich glaubte sie, Ängstlichkeit und schlechtes Fußballspielen seien untrügliche Merkmale dafür.

»Na und?«

»Na und?!«, wiederholte Nils. »Was ist, wenn sie *recht* damit hat?!«

»Dass du ein Homo bist?«

»Ja, warum nicht? Ich war bis jetzt ja noch nie in ein Mädchen verliebt. Nicht richtig, jedenfalls.«

Er versuchte mit einer Hand seine Haare zu glätten. Es brachte nicht viel, sie standen ihm oben und an der Seite immer noch vom Kopf ab.

»Du warst doch in Thea verliebt«, sagte ich.

»*Alle* waren in Thea verliebt.«

Ich wusste, was er damit meinte – in Thea verliebt zu sein war eine Phase, die alle Jungs durchmachten. Wie Windpocken oder Läuse.

»Warst du denn schon mal in einen Jungen verliebt?«

Ich schreckte fast ein bisschen vor meiner Frage zurück. Was, wenn er jetzt *Ja* sagte! Was, wenn er schon einmal in einen Jungen verliebt gewesen war. Oder es *im Augenblick* war.

»Nee, noch nicht«, sagte er.

Ich atmete auf.

Nicht, weil ich erleichtert war, dass er kein Homo

war – sondern, weil das bedeutet hätte, dass er mir etwas verheimlichte. Denn Nils und ich sagten uns normalerweise alles.

»Was hast du eigentlich für ein Problem? Für mich hört es sich nämlich nicht so an, als hättest du eins!«

Nils Nasenflügel bebten.

»Sei nicht so«, bat er. »Ich hatte einen furchtbaren Morgen. Mama hat vergessen zu ... und P-P-Papa hat angerufen und ... und ich habe nur ... und dann kam Thea und ... nicht nur *du* hast es immer schwer!«

Ich sah ihn an.

Auf einmal fand ich ihn jämmerlich. Er sah aus wie ein kleiner, schmächtiger Idiot mit widerspenstigen Haaren und merkwürdig bebenden Nasenflügeln.

»Schwer?!«, schnaubte ich. »Freu dich lieber, dass du nur ein Homo bist! Es hätte ja auch schlimmer kommen können, stell dir mal vor, du wärst ein Albino!!«

»Annebino ...«

»Ich heiß nicht Annebino! Ich heiße Anne Bea!!«

Ich wusste eigentlich gar nicht, warum ich so wütend auf ihn war, schließlich hatte er nichts Schlimmes gesagt. Aber in dem Moment stand es mir bis oben hin. Die freundlichen Worte, die meine Mutter gerade noch zu mir gesagt hatte, zählten plötzlich nicht mehr. Vor mir lag ein ganzer langer Schultag, ein Tag, an dem alle Mädchen aus der 7A kein anderes Gesprächsthema haben würden als den Auftritt und die Teilnahme am Talentwettbewerb mit *Fuck Justin*. Und keinen würde es kümmern, dass ich auch ein Mädchen aus der 7A war, aber dass mich nie jemand gefragt hatte.

»Annebino …«

»Was *ist*?!«

Ich hörte, dass ich Nils anknurrte.

Ihn so laut anknurrte, dass er zurückwich und beinahe ein Fahrrad umgestoßen hätte.

»Ich meinte nur …«, stammelte er, als er sein Gleichgewicht wiedergefunden hatte, »ich meinte nur, dass du seit der Siebten nicht mehr die Einzige bist, die gehänselt wird, jetzt sind wir zu zweit. Der Albino und der Homo. Hört sich für mich nach dem perfekten Team an!«

Er grinste breit.

Ich zog mir den Fahrradhelm vom Kopf und lief auf das Schulgebäude zu. Mag ja sein, dass Nils mein bester Freund ist, aber manchmal ist sein Humor wirklich zum Abgewöhnen!

»Wir stehen jetzt direkt vor der Waldschule«, hörte ich ihn hinter mir. *»Der Heimat des perfekten Teams, wie man uns erzählt.«*

Nils Stimme klang dunkler als sonst und viel langsamer. Er sprach genauso wie die Moderatoren im Fernsehen.

Ich ging schneller.

Die Schritte hinter mir beschleunigten ebenfalls.

»Lange Zeit als furchtbare Langweiler abgetan, gehört das perfekte Team nun zum Angesagtesten, was Norwegens Schulen zu bieten haben. Nicht wenige Zwölfjährige würden sich wünschen, mit DIESEM perfekten Team befreundet zu sein!«

Ich merkte, wie meine Mundwinkel zu zucken anfingen, aber das würde ich Nils um nichts in der Welt zeigen.

»Und da sind sie, liebe Zuschauer, jetzt kann ich sie sehen! Sie sind auf dem Weg zur ersten Stunde!«

Jetzt konnte ich das Zucken meiner Mundwinkel kaum noch beherrschen, trotzdem hielt ich unbeirrbar an meinem Kurs fest. So leicht würde ich Nils nicht davonkommen lassen!

»Sie sind ganz schön schnell, aber wir bleiben ihnen dicht auf den Fersen. Dieses perfekte Team MÜSSEN wir einfach vors Mikro bekommen!«

Meine Schultern bebten, ich hätte am liebsten losgebrüllt vor Lachen. Ich nahm zwei Treppenstufen auf einmal zum Schulgebäude hinauf.

»Jetzt haben sie fast die Schule erreicht, aber wir lassen sie nicht aus den Augen. Und wir verstehen gut, weshalb sie so beliebt sind, liebe Zuschauer. Dieser Look! Dieses Styling! Dieser Haircut!«

Abrupt blieb ich vor der schweren Glastür stehen. Beinahe wäre Nils in mich hineingerannt.

»*Da sind sie!*«, rief er. »*Wir haben sie eingeholt! Lassen Sie mich Ihnen das perfekte Team Norwegens vorstellen: den Albino und den Homo!*«

Ich konnte mich nicht länger zusammenreißen. Ich prustete vor Lachen, als hätte ich den Mund voller Wasser und jemand würde mir auf die Wangen hauen.

Nils prustete ebenfalls los, und da musste ich noch mehr lachen. Was wiederum Nils noch mehr erbeben ließ. Wir lachten so, dass ich Bauchkrämpfe bekam und mir der Fahrradhelm aus der Hand fiel. Er hüpfte von Treppenstufe zu Treppenstufe, kullerte über den Asphalt und –

»Hattet wohl einen guten Morgen, was?«

Nils und ich erstarrten.

Am unteren Ende der Treppe, meinen Fahrradhelm auf dem rechten Fuß, stand der schnuckeligste Schlagzeuger der Siebten.

Ach was, der ganzen Schule.

Ach was, der ganzen Welt.

Magnus.

»Ich nehme mal an, der gehört dir?«

Er hob den Helm auf und sah mich an.

Ich musste schlucken, während ich nach Luft schnappte.

Das hätte ich besser nicht getan, denn von einem Moment auf den anderen musste ich so husten, dass ich nicht wusste, ob ich stehen bleiben oder mich hinsetzen sollte. Ich spürte, dass mein Gesicht feuerrot anlief, fast so wie damals, als ich mich bei Tante Mona an einer Gräte verschluckt hatte.

»Ganz ruhig«, hörte ich wie von Weitem und spürte plötzlich eine Hand auf meinem Rücken, die definitiv nicht Nils gehörte.

Meine Schulterblätter wurden glühend heiß, als würde die Sonne daraufknallen, aber ohne, dass es wehtat.

»Tief einatmen«, sagte die Stimme. »So, ja gut.«

Ich wusste nicht einmal, dass ich überhaupt eingeatmet hatte, aber irgendwas musste ich getan haben, denn der Krampf ließ nach.

»Ist es jetzt besser?«

Die Stimme war auf einer Höhe mit mir, direkt neben meinem linken Ohr.

Ich nickte.

»Aber ’ne tolle Art, einen Hustenanfall zu bekommen, muss ich sagen – so lachen zu müssen, dass man nicht mehr aufhören kann«, sagte die Stimme.

Es hörte sich an, als ob die Person, der sie gehörte, lächelte.

Wieder lief ich knallrot an. Die Farbe breitete sich über meinen Hals, meine Arme und bis in die Fingerspitzen aus. Aber schuld daran war diesmal nicht der Husten.

»Ich lege deinen Helm mal hier ab«, sagte die Stimme.

Dann verschwand Magnus durch die Glastür.

Ich glaube, dass Nils etwas sagte, weil ich sah, wie sich sein Mund bewegte, als er meinen Fahrradhelm aufsammelte, konnte aber nicht hören, was. Ich nahm nur wahr, wie mein Herz verrücktspielte. Es warf sich hin und her, machte Hochsprung über meine Venen und landete mit einem riesigen Salto in meinem Bauch. Es lief zwischen meinen Rippen zickzack, es hatte so viel Platz in meinem Inneren, dass es bis zur völligen Erschöpfung wummerte!

Stellt euch bloß vor, ich wäre heute nicht in die Schule gegangen!

Stellt euch vor, ich wäre nicht so wütend auf Nils geworden, dass er mich wieder aufzuheitern versucht hätte ... und hinter mir hergelaufen wäre und mich dazu gebracht hätte, so zu lachen, dass ich meinen Fahrradhelm verlor!

Stellt euch vor, ich wäre nicht mit Fahrradhelm zur Schule gefahren!

Magnus hatte mit mir geredet!

Er hatte mich angelächelt!

Er wusste, dass ich einen Fahrradhelm trug!

Magnus hatte mich berührt!

In diesem Moment vergaß ich alles andere – ich vergaß, dass Thea bei *Fuck Justin* singen würde, ich vergaß ihre blödsinnige Choreografie, ich vergaß sogar, mir selbst einzuschärfen, dass es nicht so schlau war, sich über etwas zu freuen, weil das alles nur noch schlimmer machte, wenn man wieder auf den Boden der Tatsachen zurückgeholt wurde.

In diesem Moment vergaß ich all das und war einfach nur der glücklichste Freak auf der ganzen Welt!

8 Was ich noch sagen wollte

Da ist übrigens etwas, das ich noch gar nicht erzählt habe, und zwar, dass Nils außer mir noch eine Freundin hatte. Aber sie kam nur nach der Schule und tauchte immer ganz plötzlich auf, weshalb das irgendwie nicht richtig als Freundschaft zählte. Jedenfalls nicht als so eine, wie Nils und ich sie haben.

Nils und seine Mutter hatten am Ende der Sommerferien nämlich eine neue Nachbarin bekommen. Keiner von uns hatte gewusst, dass der Schlipsträger neben ihnen ein Kind hatte, aber so war es. Einen Tag vor Schulbeginn klingelte er bei Nils und erzählte, dass seine Tochter gerade bei ihm eingezogen sei, die in den letzten Jahren bei ihrer Mutter in den USA gewohnt habe. Jetzt sei diese Mutter gestorben und seine Tochter, Brittany, werde nun bei ihm leben und in unsere Parallelklasse gehen, ob Nils sie zur Schule begleiten könne? Er müsse arbeiten.

Nils war natürlich total baff, und ich auch, als er mich anrief und mir alles erzählte. Wir waren es nicht so gewohnt, Kontakt zu anderen zu haben, aber da hätten wir uns keine Sorgen machen brauchen – sobald am ersten Schultag nach den Ferien die Schule in Sicht kam, haute Brittany auf der Suche nach cooleren Freunden ab.

Trotzdem muss ich von Brittany erzählen, denn sie hat mir an dem Tag, an dem Magnus mir meinen Fahrradhelm wiedergab, unbewusst geholfen. Du verstehst jetzt bestimmt nicht, wovon ich rede, schließlich war sie gar nicht dabei, deshalb werde ich noch einmal ganz von vorne anfangen.

Die ganze Geschichte begann nämlich schon vier Tage vorher, und zwar damit, dass Nils und ich plötzlich ein Gesicht vor seinem Fenster entdeckten.

Nils schrie zuerst, dann schrie ich, und da schrie Nils noch mehr, bis wir sahen, dass dieses Gesicht draußen vor Lachen quietschte. Erst da erkannten wir, wer es war – mit dieser Zahnlücke zwischen den Schneidezähnen ist sie nämlich unverwechselbar – Brittany.

»How do I look?«, fragte sie, als Nils das Fenster öffnete.

»D-d-du siehst toll aus«, stammelte er.

Von wegen! Sie hatte diverse Lidschattenfarben aufgetragen, trug einen durchsichtigen Fransenrock und hatte noch dazu ihre dunklen Haare so hochtoupiert, dass sie aussah, als hätte sie einen elektrischen Schlag bekommen. Diesen Look hatte sie dann noch mit Ohrringen in der Größe eines Fahrradreifens gekrönt.

»Trond aus der 10B hat heute Abend sturmfreie Bude, ich wollte mal rüberschauen und Hallo sagen«, verkündete sie.

»Aber der wohnt doch total weit draußen«, wandte Nils ein.

»Na und? Dann nehm ich eben den Bus.«

»Und wie willst du wieder nach Hause kommen? Holt dich dein Vater ab?«

Warum er das gefragt hatte, wusste ich nicht, denn wir konnten sehen, dass das Nachbarhaus völlig im Dunkeln lag. Nils hatte mir gerade erst erzählt, dass Brittanys Vater immer noch genauso viel wie vor ihrem Einzug arbeiten würde. Manchmal komme er erst spätabends wieder und sogar am Wochenende würde er arbeiten.

»Ich finde schon jemanden, der mich nach Hause bringt, das wird sich regeln«, sagte Brittany.

Nils sah sie einen Moment wortlos an.

»Du kannst auch hierbleiben und mit uns Karten spielen, wenn du willst, zu dritt lässt es sich sowieso am besten spielen«, sagte er schließlich.

Das stimmte nicht. Wir spielten unser Lieblingsspiel und das ging am besten zu zweit.

»Mensch, hallo, soll ich meinen Samstagabend etwa damit verbringen, mit euch Karten zu spielen, Leute?«, sagte Brittany und verdrehte die Augen. »Während bei Trond die Party der Partys abgeht? Yeah, right.«

»Das war nur ein Vorschlag«, mischte ich mich etwas lauter als sonst ein.

Aber Brittany war es egal, was ich zu sagen hatte. Das war es meistens.

»Anyway, gotta go. Bis später, ihr Blödies!«

Sie warf den Kopf zurück, sodass ihre Reifenklunker hin- und herschwangen, und verschwand durch die Gartenpforte.

»Auch gut«, sagte ich und griff nach dem Kartenstapel.

Aber Nils sagte nichts, er schien mich noch nicht einmal gehört zu haben. Er sprang nur auf und lief in die Küche.

Worüber er und seine Mutter sprachen, bekam ich nicht mit, aber mir war klar, dass irgendetwas im

Gange war. Nils Stimme hatte so einen schrillen Unterton, fast so, als schwankte sie zwischen der obersten und untersten Oktave, und als ich Nils Mutter gleich darauf nur in Crocs und Strickjacke durch die Gartenpforte sprinten sah, wusste ich, dass es etwas Wichtiges sein musste. Denn sie rennt sonst nie. Sie verlässt kaum jemals das Haus.

»Was ist los?«, fragte ich, als Nils endlich wieder ins Zimmer zurückkam.

Aber er konnte noch nicht einmal antworten, da hörten wir draußen drei laute Schluchzer.

Ich sah mit zusammengekniffenen Augen aus dem Fenster. Nils Mutter kam mit einer heulenden Brittany im Schlepptau zurück. Wir hörten die Haustür aufgehen und zuknallen, dann verschwanden die beiden in der Küche. Kurz darauf klirrten drinnen Töpfe und Tassen, dazwischen laute Schluchzer von Brittany und die Stimme von Nils Mutter, die tröstend etwas murmelte.

»Nils und Annebin… Anne Bea!«

Wir fuhren erschrocken von der Küchentür zurück, vor der wir standen und lauschten.

»Wie wär's, habt ihr Lust auf Kakao und Süßigkeiten mit uns beiden, Brittany und mir?«

Nils und ich sahen uns an und nickten. Man kriegt

vom ausdauernden An-der-Tür-Lauschen ziemlichen Hunger.

Aber jetzt habe ich wieder vergessen, worauf ich eigentlich hinauswollte, auf Magnus nämlich – oder besser gesagt, auf die Liebe. An dem besagten Abend erzählte Brittany uns nämlich von Dolly und David aus ihrer alten Klasse.

»Dolly gehörte zu den Superlangweilern«, sagte sie. »Schon der Name *Dolly* war eine Katastrophe. Dafür lief sie in schwarzen Klamotten und Doc-Martens herum und war gegen Pelzmäntel und Umweltverschmutzung und so, ihr wisst schon.«

Ich trank einen Schluck Kakao.

Dolly gefiel mir.

»Anyway, ein paar Monate, bevor … bevor Mama starb, änderte Dolly ihr Profilbild bei Facebook«, fuhr Brittany fort. »Das wurde natürlich von niemandem kommentiert, abgesehen von den zwei Vogelscheuchen, mit denen sie immer zusammenhing – beziehungsweise abgesehen von David. Und so kam es auch, dass wir, Tiffany, meine beste Freundin, und ich, das bemerkten. Als wir das sahen, dachten wir nur, OMG!! Wir hätten *nie* gedacht, dass David jemals ein Foto von Dolly kommentieren würde! Er ist voll süß und will später Pilot werden, während sie in schrecklichen Klamotten umherläuft und Dolly heißt! Ich kann es immer noch nicht fassen, während ich das erzähle. Mensch, David und Dolly, also echt – nimm's mir nicht übel, Nils, aber das wäre fast so, als würde aus uns beiden ein Paar werden.«

»Was hat er denn geschrieben?«, fragte ich. Die Worte purzelten mir nur so aus dem Mund, bevor ich darüber nachdenken konnte.

»Interessiert dich, was?«, fragte Brittany.

Sie trug eine dicke Schicht Lipgloss auf.

Ich wollte gerade entgegnen, *ganz bestimmt nicht*, aber dann musste ich daran denken, dass Brittany gerade noch geweint und ihre Mutter herbeigesehnt hatte. Brittanys Lidschatten war immer noch ein bisschen verschmiert, obwohl Nils Mutter sie schon ziemlich lange getröstet hatte, bevor sie uns hereingerufen hatte. Also verkniff ich mir einen Kommentar und nickte nur. Und sie – oh, welch ein Wunder! – nannte mich diesmal nicht Blödie, sondern nickte ebenfalls.

»*I just love your style*, das schrieb er. Love your style?! Ich hab's kaum glauben können – so, wie Dolly *aussah!* Und ihre Frisur auf dem Foto! Aber danach sah ich sie und David mehrmals in den Pausen miteinander quatschen. Wenn ich es nicht besser gewusst hätte, hätte ich gedacht, dass sie etwas am Laufen hätten.«

Ich kannte Dolly natürlich nicht. Trotzdem freute ich mich für sie. Ich stopfte mir drei Schoko-Marshmallows auf einmal in den Mund, damit die anderen mein breites Grinsen nicht sahen.

Aber Nils bemerkte es trotzdem, denn er lehnte sich zu seiner Mutter hinüber und sagte, was für ein schöner Samstagabend das gewesen sei. Manchmal spricht er so mit ihr – wie ein Erwachsener. Nils Vater hatte ihn und seine Mutter verlassen, als er zwei gewesen war, und meldete sich nur ein-, zweimal im Jahr bei ihnen. Bis Nils eingeschult wurde, war er nur mit seiner Mutter zusammen. Er war noch nicht einmal im Kindergarten.

Was ich aber eigentlich sagen will – irgendwie war dieser Abend der Anfang von allem, was in den Wochen danach passierte.

Ich bildete mir zwar nicht ein, dass ich einfach so ein Foto von mir auf Facebook posten könnte und Magnus sich daraufhin bei mir melden und sagen würde, dass ihm mein Look gefiele oder so, ich bin ja nicht blöd. Ich hatte noch nicht mal eine Facebook-Seite – nicht mehr, seit meine Mutter gesehen hat, welche Kommentare auf meinem Profil hinterlassen worden waren. Nein, es kam mir so vor, als hätte sich in meinem Inneren etwas verändert, nachdem mich Magnus vier Tage später auf der Treppe vor der Schule angesprochen hatte, das will ich eigentlich sagen. Es war so, als hätte Brittanys Geschichte von Dolly und David meine Beklemmungen beseitigt, sodass mir das Atmen leichterfiel.

Deshalb drehte ich mich auch zu ihm um, als Magnus meinen Fahrradhelm auf die Treppe legte und die Tür aufmachte. Ich schaffte es zwar nicht, ihm in die Augen zu sehen, sondern sah auf sein Grübchen, aber ich drehte mich zu ihm um.

Und dann tat ich es.

Ich machte den Mund auf.

»M-m-man sieht sich«, sagte ich.

»Man sieht sich«, antwortete Magnus.

Und als er in der Schule verschwand, spürte ich es ganz deutlich – etwas hatte sich *definitiv* in mir verändert. Mein Herz saß nicht wie sonst in einem Gefängnis, es saß nicht fest. Es schwang sich durch meinen Brustkorb wie ein Kunstturner und hatte jede Menge Hummeln im Hintern!

Gleich danach eroberte es diese neue Weite in mir und schlug einen dreifachen Salto.

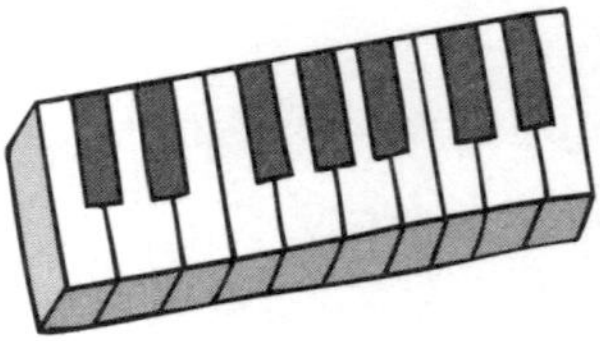

9 »Randevooo«

»Das glaubst du doch wohl selbst nicht!«

Thea saß auf ihrem Pult und rollte mit den Augen.

»Das ist wirklich passiert!«, behauptete Hanna-Merete.

»Yeah, right«, sagte Thea feixend.

Ausnahmsweise wurde heute einmal nicht über mich gelacht.

Hanna-Merete hat feuerrote Locken und Sommersprossen und will später Malerin werden. Sie passt also nicht gerade in das Beuteschema der Jungs. Als sie ein paar Tage, nachdem sie sich den Arm verstaucht hatte, wilde Knutschgeschichten zum Besten gab, erregte sie zumindest eine Spur Aufmerksamkeit.

Ich muss zugeben, dass Nils und ich auch etwas über die abenteuerlichen Entwicklungen in Hanna-Meretes Liebesleben stutzten, aber wir taten so, als wäre nichts.

Ganz anders Thea.

»Mensch, Hanna-Merete, da musst du dir nächstes Mal aber ein bisschen was Besseres ausdenken. Alle wissen doch, dass das nur in deiner Fantasie passiert ist!«, gab sie zurück.

Es ist schlimm, das sagen zu müssen, aber irgendwie wusste ich, was Thea meinte.

Diesmal hatte Hanna-Merete nämlich nicht nur heftig mit dem Nachbarsjungen ihrer Oma herumgemacht, noch dazu sollte er schon sechzehn Jahre alt und Fotomodell sein. Und nachdem sie fertig geknutscht hatten, hatten sie angeblich eine Runde auf seinem Moped gedreht, bevor der Abend damit endete, dass sie mit einem der Gartenzwerge ihrer Oma kollidiert waren.

»Nur, weil du nicht dabei warst, heißt das nicht, dass es nicht passiert ist!«, konterte Hanna-Merete.

Thea baumelte mit den Beinen. Ihre Ugg-Boots stießen fast gegen meinen Tisch.

»Na gut, und wie heißt er?«, fragte sie.

»Wer?«, fragte Hanna-Merete.

»Na, was glaubst du denn? Der Typ, mit dem du rumgemacht hast, natürlich!«

»Ach so. Joak… Nein, Jona… Nein, so nicht … Benjamin! Er heißt Benjamin!«

Ronja und Shirin brachen in kreischendes Gelächter aus.

»Ganz sicher, dass er nicht doch Joakim hieß?«, kicherte Ronja.

»Oder, nein ... Jonas?«, prustete Shirin.

Hanna-Meretes blühende Fantasie kannte nur eine Grenze, und zwar in Bezug auf Jungsnamen. Die Jungs, mit denen sie rumgemacht hatte, hießen immer Joakim, Jonas oder Benjamin.

»Ich will ja nicht gemein sein, Hanna-Merete, aber du bist wirklich 'ne beschissene Lügnerin«, sagte Thea und rollte erneut mit den Augen. »Oder, Mari?«

Mari schien vorne an der Fensterfront zusammenzuzucken, denn ihr Stuhl schabte über den Boden. Sie hatte wohl gehofft, nicht angesprochen zu werden.

»Nein, wirklich ...«, brachte sie hustend hervor. »Es war alles genau so, wie Hanna-Merete es gesagt hat. Mit diesem ... Zwerg.«

Das musste man Mari lassen, sie stellt sich immer vor Hanna-Merete, aber alle sahen, dass ihr Blick flackerte, bevor sie zu Boden sah – selbst ich.

»Das hab ich mir schon gedacht«, sagte Thea und verzog die Mundwinkel zu einem Grinsen.

Dann legte sie ihre langen blonden Haare über eine Schulter, damit Ronja und Shirin ihr die Schultern massieren konnten. Das tun sie mindestens einmal am Tag.

Ich sah zur Uhr. Bald würde es zur Stunde klingeln. Wir hatten Englisch, mein Lieblingsfach nach Mathe. Nicht, dass ich ein Streber oder so wäre, aber wir sollten einen Aufsatz wiederbekommen, und ich war sehr gespannt darauf, was Frau Sandel von meinem gehalten hatte.

Synne Sandel ist unsere Verbindungslehrerin und nach Herrn Holst meine Lieblingslehrerin. Sie nahm mich immer in Schutz, wenn Thea oder jemand anderes mich auslachte, aber nicht auf eine doofe Art, nicht so, als wäre ich ihr Goldkind oder so was. Als Mama sie damals zum Beispiel anrief und ihr erzählte, was für gemeine Sachen auf meiner Facebookseite standen, hat sie das anschließend im Unterricht thematisiert, aber ohne meinen Namen zu nennen. Sie verpackte es in eine ganz allgemeine Diskussion darüber, wie Kinder und Jugendliche sich im Internet verhalten, sodass niemand ahnte, dass meine Mutter gepetzt hatte.

Doch zurück zum Aufsatz. Wir hatten über etwas schreiben sollen, das uns inspirierte – eine Person, ein Buch, eine Berühmtheit oder etwas völlig anderes, Frau Sandel hatte gesagt, dass es alles Mögliche sein könnte. Ich hatte über einen Song geschrieben, den ich immer hörte, wenn ich mich mal wieder ausgeschlossen fühlte und etwas brauchte, das mich wieder aufmunterte. Den Text konnte ich also auswendig.

»Und du, Anne Bea?«

Thea trat gegen mein Pult.

»Kürzlich mit jemandem geknutscht?«

Ronja und Shirin hinter ihr kicherten.

Ich sah zu Boden.

Ich hatte noch nie einen Freund, aber das weiß nur Nils. Ich habe noch nicht einmal mit einem Händchen gehalten. Und *ganz bestimmt* noch mit keinem geknutscht!

»Es gibt da Gerüchte, dass du und Magnus gestern ein kleines Randevooo auf der Treppe gehabt hättet?«, bohrte Thea weiter.

Ich erstarrte.

Woher wusste Thea, dass –

Randevooo?!

Ich konnte mich nicht rühren und starrte auf mein Pult, während mein Hirn den Dienst verweigerte.

Randevooo?!?!

Aber bevor mein Gehirn ganz abschaltete, fiel mir plötzlich ein, dass Thea ja frankophil war, ihr also alles gefiel, was irgendwie französisch ist. Ihre Großmutter besaß nämlich ein Haus in Frankreich, in das Thea in den Ferien immer mit ihren Eltern und ihrem großen Bruder fuhr, daher hatte Thea also einen großen Französischtick. Sie sagte ständig *Je t'aime* und *Mon amour* zu Felix, was *Ich liebe dich* und *Mein Liebster* heißt. Deshalb konnte ich auch eins und eins zusammenzählen, was sie mit *Randevooo* meinte, auch wenn sie es falsch ausgesprochen hatte. Sie meinte *Rendezvous*, was so viel wie *Verabredung* bedeutet.

Ich war auch ein wenig frankophil, deshalb wusste ich das. Aber das hatte ich Thea nie erzählt. Nur Nils, meine Eltern und Tante Mona wussten, dass ich davon träumte, auf der Spitze des Eiffelturms zu stehen und Croissants zu essen. Tante Mona sagt immer, dass sie mit mir dorthin fahren will, aber ich weiß nicht, ob wirklich etwas daraus wird. Sie schmiedet oft große Pläne, die sich später in Luft auflösen.

Ich blickte auf und sah Thea an.

»Das war kein Rande*vous*«, würgte ich hervor. »Er hat mir nur meinen Fahrradhelm wiedergegeben, den ich auf der Treppe fallen gelassen hatte.«

»Da habe ich aber etwas anderes gehört«, erwiderte Thea. »Ich habe nämlich gehört, dass du rot geworden bist und wie eine Irre gehustet hast, als er mit dir geredet hat!«

Mein Herz krampfte sich zusammen.

Hatte Magnus ihr das erzählt?

»Aaaaarme Anne Beeeea …«, sagte Thea mit gedehnter und absichtlich kindlich klingender Stimme. »Jetzt glaubt sie bestimmt, dass Magnus sie *geeernhat*. Sie glaubt, dass einer wie *er* jemanden wie *sie* mögen kann. *Autsch* …«

Ich spürte, wie der neu gewonnene Raum in meiner Brust drauf und dran war, sich wieder zu verengen. Alles in mir war in Aufruhr, der Magen drehte sich mir um und –

»Von wegen!«, rief ich.

»Oh, oh, ist da jetzt etwa jemand wütend?«, rief Ronja lachend.

»Angry albino alarm«, stimmte Shirin ein.

Und jetzt lachten nicht nur sie, sondern auch mehrere Jungs aus der Klasse. Sie kamen gerade wieder aus der Pause ins Klassenzimmer.

»Mach dir nichts draus«, flüsterte Nils neben mir.

Aber das war nicht so leicht. Thea war einfach nicht der Typ, der lockerließ.

»Na, los doch, Anne Bea! Erzähl doch, mit wem du zuletzt geknutscht hast! Oder hast du noch nie mit einem rumgemacht? Willst du das damit sagen?«

Ich wusste nicht, was ich machen sollte.

Wenn ich zugab, noch nie von jemandem geküsst

worden zu sein, würden sich alle nur noch mehr vor Lachen ausschütten, aber wenn ich versuchen würde, mir wie Hanna-Merete irgendwelche wilden Geschichten auszudenken, würde Thea mich so lange in die Mangel nehmen, bis ich einknicken und alle merken würden, dass ich log. Wie auch immer, es würde in die Hosen gehen.

Ich bin nicht stolz auf das, was ich dann tat. Aber wenn ihr jemals so in eine Ecke gedrängt worden seid, könnt ihr mich vielleicht verstehen. Ich hatte keine andere Wahl.

»Vielleicht solltest du lieber mal Felix fragen, mit wem *er* so rummacht«, erwiderte ich. »Als ich ihn zuletzt gesehen habe, saß er nämlich sabbernd vor einem You-Tube-Interview mit Justin Bieber in seinem Zimmer!«

Zuerst herrschte nur Schockstille im Klassenzimmer.

Ich konnte noch denken, dass die Sonne hinter den Wolken verschwunden sein musste, weil meine Augen gar nicht mehr brannten. Ich konnte sogar noch denken, dass ich, ohne rot zu werden, vor der ganzen Klasse gesprochen hatte. Ich war beinahe glücklich.

Aber nicht lange.

»OMG!!!!«, schrie Thea. »Hast du meinen Freund etwa gerade als Homo bezeichnet?!«

»Wie widerlich!«, kreischte Ronja.

»Nur weil du unnormal bist, heißt das nicht, dass du alle normalen Jungs Homos nennen kannst!«, rief Shirin.

»Man kann auch als Homo normal sein!«, hielt ich dagegen. »Hab ich übrigens gesagt, dass Felix ein Homo ist? Glaub ich nicht. Ihr hört wohl schlecht.«

Ich schreckte zusammen, als ich meine Stimme hörte. So laut hatte ich noch nie jemanden angeschrien. Noch nicht einmal meine Eltern, Kristoffer oder Nils.

»Das hat sie wirklich nicht gesagt.«

Ich schnellte so plötzlich herum, dass ich mir beinahe den Nacken verrenkt hätte.

»Ganz ehrlich, guckt euch doch mal Felix Frisur an«, kam es von Richtung Tür. »Und seine Klamotten. Und die Art, wie er geht. Ist das echt noch keinem von euch aufgefallen? Ehrlich? Haben das wirklich nur Anne Bea und ich bemerkt? Dass Felix der größte heimliche Justin-Bieber-Fan der ganzen Schule ist?«

Zum zweiten Mal hätte man im Klassenzimmer eine Nadel zu Boden fallen hören können.

»Ich bin übrigens hier, um dir das zu geben«, fuhr

die Stimme fort. »Es muss sich von deinem Fahrradhelm gelöst haben, als wir gestern miteinander geredet haben.«

Ich hörte, wie Nils neben mir nach Luft schnappte.

Und dann war's vorbei.

…

…

…

Dieses Gefühl hatte ich.

Es war, als stünde alles in mir still, als hätten sämtliche Organe in meinem Inneren den Dienst quittiert. Es tat allerdings nicht weh. Nein, es war vielmehr so, als hätten sie sich in eine Hängematte geschmissen und sähen das Leben entspannt.

Bis sie wieder zum Leben erweckt wurden, weil Ronja mir plötzlich ins Gesicht schrie:

»Finger weg von meinem Freund, du blöde Albinokuh!!«

Ich spürte ihre langen braunen Haare an meinem Kinn.

»Und wenn du Felix jemals wieder Homo nennst, mach ich dir das Leben zur Hölle!!!!«, keifte Thea hinter ihr.

»Mensch, Leute, seit wann nehmen wir einen fucking Loser wie Anne Bea denn ernst?!«, rief Shirin.

In diesem Moment offenbar. Denn Thea und Ronja stürmten schon empört aus dem Klassenzimmer, sodass Shirin es gerade noch schaffte, hinterherzulaufen, bevor ich meine Augen schloss.

Eine Sekunde.

Zwei Sekunden.

Wenn ich die Augen wieder aufmache, wird alles vorbei sein. Dann wird niemand mehr in der Tür stehen und ich werde allein mit meinen Englischbüchern hier sitzen und die Blicke aller in meinem Nacken spüren. Aber ich will nicht, dass es schon vorbei ist. Noch nicht.

Fünf Sekunden.

Sechs Sekunden.

»Annebino.«

Sieben Sekunden.

»Annebino, mach die Augen auf, er will dir doch etwas geben«, flüsterte Nils erneut.

Zaghaft machte ich die Augen auf.

Und das muss ich einfach sagen: Wenn mein Herz gestern schon völlig verrückt gespielt hatte, so war das nichts gegen das, was es jetzt tat!

Er war Ronja nicht hinterhergelaufen.

Er stand direkt vor meinem Pult und sah auf mich herunter – der süßeste Junge auf der ganzen Welt.

Magnus!

»Hier, das ist doch deiner, oder?«

In seiner Hand lag der rosafarbene Barbapapa-Reflektor, den meine Mutter an meinem Helm befestigt hatte, als ich sechs war.

Ich wurde feuerrot.

Aber diesmal war es irgendwie nicht so schlimm. Denn als ich wieder zu Magnus hochsah, lächelte er nur.

»Man sieht sich«, sagte er und legte den Reflektor auf mein Pult.

Dann ging er.

Ich begriff nicht ganz, weshalb Ronja so wütend auf mich war, es war ja nicht so, als hätte ich Magnus angemacht, aber ich hatte eine vage Ahnung.

Nils auch.

Denn als es zur Stunde geklingelt hatte und Frau Sandel mit den Englischbüchern unterm Arm hereingekommen war und sich alle, bis auf Thea, Ronja und Shirin, die wohl in die Kantine gegangen waren, gesetzt hatten, lehnte Nils sich zu mir herüber und flüsterte mir zu:

»Jetzt hast du's getan, Annebino. Jetzt ist alles möglich.«

Und genauso war es.

10 Mission Taco

»Kristoffer, Anne Bea, Nils! Tacos!«

Tante Mona rief so laut, dass das ganze Haus erzitterte.

Nils und ich ließen die Hausaufgaben stehen und liegen und stürmten in die Küche.

Eigentlich war gar nicht abgemacht gewesen, dass er heute mit zu mir kommen würde, aber wir hatten so viel zu besprechen, dass wir uns nach der Schule einfach noch nicht voneinander trennen konnten. Und da seine Mutter gerade wieder in einer ihrer Astrologiephasen steckte, in denen sie sich lieber um ihr Horoskop als ums Essen kümmerte, war es sowieso besser, wenn er mit uns aß. Ab und zu kam das vor. Meine und Nils Mutter hatten dazu wohl irgendeine stillschweigende Übereinkunft getroffen.

Ich hatte den Verdacht, dass er heute sowieso mit zu mir gekommen wäre, donnerstags ist nämlich immer Tante-Mona-Tag – jeden Donnerstag machte sie früher beim Arbeiten Schluss und kochte für Kristoffer und mich, damit unsere Eltern einen Salsakurs besuchen konnten. Fast immer gab es dann Tacos. Und für Nils waren Tante Monas Tacos die Besten, die es gab.

»Bitte sehr, nehmt euch!«, sagte meine Tante lächelnd, als wir in die Küche gerannt kamen.

Nils und ich ließen uns nicht zweimal bitten. Wir schmissen uns geradezu an den Tisch und fingen in irrsinnigem Tempo an, Hackfleisch, Mais, Schmand und Käse auf unsere Teller zu häufen. Tante Mona und Kristoffer hörten auf zu essen, so fasziniert waren sie von unserer Geschwindigkeit.

»Man könnte meinen, ihr hättet seit dem Frühstück nichts mehr zu essen bekommen!«, sagte Tante Mona. »Aber mir soll's recht sein, schließlich habe ich nicht jeden Tag Gelegenheit, für mehrere Leute zu kochen.«

Tante Mona war sechsunddreißig Jahre alt und Single, und wie man weiß, waren Frauen ohne Mann und Kinder dieses Alters gezwungen, in den sauren Apfel zu beißen und den erstbesten Mann zu nehmen, der ihnen über den Weg lief, bevor da keiner mehr kam. Das sagten zumindest meine Eltern.

Das Problem war nur, dass Tante Mona immer ein bisschen überengagiert war. Sie stürzte sich nicht nur auf die, die ihr über den Weg liefen, sie biss sich auch an denen fest, die noch gar nicht losgelaufen waren. So wie an Sivertsen aus Nummer 19, den sie wie ein Neandertaler angegrunzt hatte. Aber solange sie weiterhin jeden Donnerstag Tacos für uns machte, konnte sie sich meinetwegen verbeißen, in wen sie wollte.

»Raten Sie mal, was heute in der Schule passiert ist!«

Nils hatte seinen ersten Taco verschlungen und lehnte sich zu Tante Mona über den Tisch.

Sie sah erst ihn und dann mich an, dann wischte sie sich den Mund ab und sagte: »Na los, Anne Bea, raus damit.«

»He, wie kommst du darauf, dass das etwas mit mir zu tun hat?«, sagte ich.

Sie hob eine Augenbraue.

Ich wurde rot. Sie hatte offensichtlich gesehen, wie ich gerade in mich hineingelächelt hatte, als Nils das gesagt hatte.

»Na gut, lass mich raten. Hattest du heute Sport?«

Ich schüttelte den Kopf.

»Hat Frau Sandel dein Englischaufsatz gefallen?«

Ich nickte.

»Aber das meint Nils nicht«, sagte ich. »Er meint etwas ... Bedeutsameres.«

»Etwas Bedeutsameres? Sag nicht, dass es dir endlich gelungen ist, diese Obertussis aus deiner Klasse in die Schranken zu weisen?«

»Doch! Und nicht nur das!«, rief Nils aus.

»Und nicht nur das? Es gibt noch mehr?!«, staunte Tante Mona. »Also gut, erzählt von Anfang an. Machst du das, Nils? Dann kann Anne Bea noch mal jede Minute genüsslich auskosten.«

Und genau deshalb war Tante Mona auch meine Lieblingstante – weil sie Dinge wie diese sagte.

Und dann hörte ich von Nils noch einmal die ganze Geschichte, bis zu dem Moment, in dem Magnus an meinem Pult gestanden hatte.

»... und hat sie mit *so einem* Lächeln angesehen«, beendete Nils seine Schilderungen. »Und das, obwohl er ihr nur einen Barbapapa-Reflektor wiedergeben wollte!«

»Aber Annebi ... Anne Bea, das ist ja fantastisch!«, rief Tante Mona aus. »Hast du das gehört, Kristoffer? Du kannst wirklich stolz auf deine große Schwester sein, die es vor den Augen ihres Traumprinzen geschafft hat, diesen Superzicken die Stirn zu bieten!«

Doch Kristoffer antwortete nicht.

Er hatte den Mund voller Hackfleisch, Käse und Tacosoße. Die Tacoschalen sparte er sich immer bis zuletzt auf und aß sie dann ohne Füllung.

»Ich bin jedenfalls sehr stolz auf dich, Anne Bea, ich an deiner Stelle hätte es auch nicht besser machen können.«

Ich strahlte so sehr, dass meine Wangenmuskeln fast schmerzten.

»Und jetzt zu deinem Problem«, sagte sie und trank einen Schluck Wasser.

Nils und ich wechselten einen Blick.

Jetzt lächelten wir nicht mehr.

»Ihr seht ein bisschen nervös aus, also lasst mich erklären, was wir jetzt tun müssen«, sagte Tante Mona. »Oder besser gesagt, du, Anne Bea. Du bist es schließlich, die jetzt in der Schusslinie ist.«

In der Schusslinie?

Meine Augen fingen an, sich auf und ab zu bewegen, als wären sie zwei Flummis.

Doch obwohl Tante Mona sich ein bisschen zu sehr in Äpfel und Männer verbiss, konnte man sich, was gute Ratschläge betrifft, auf sie verlassen. Sie wusste immer, was man in kritischen Situationen tun sollte. Und mir war eigentlich klar, dass Thea, Ronja und Shirin mich nicht einfach so davonkommen lassen würden. Ich hatte sie nicht nur angeschrien, sie glaubten auch noch, ich hätte Felix einen Homo genannt und wäre hinter Magnus her.

Gespannt setzten wir uns auf unseren Stühlen zurecht.

»Pass auf, Kristoffer«, sagte meine Tante und stieß ihn in die Seite. »Das könnte auch dir nützen, wenn du im nächsten Jahr eingeschult wirst. Die erste Klasse ist kein Ponyhof.«

Auch jetzt reagierte er nicht. Er war viel zu sehr damit beschäftigt, schwarze Hutfedern von seinem Essen zu klauben.

»Also, du darfst jetzt auf keinen Fall einen Rückzieher machen und darauf zu hoffen, dass Gras über die Sache wächst, Anne Bea«, schärfte Tante Mona mir ein. »Jetzt gilt es, zurückzuschlagen.«

Zurückzuschlagen?

Ich war nicht der Typ, der sich wehrte. Ich war der Typ, der sich verkrümelte und darauf hoffte, dass sich die Lage wieder beruhigte.

»Aber du kannst ihnen nicht halbherzig entgegentreten«, fuhr sie fort. »Beim geringsten Zögern werden Thea, Ronja und Shirin dir, bevor du Luft holen kannst, sofort an die Kehle gehen und dich in Stücke zerreißen. So machen echte Zicken das. Es gibt auch ein paar von denen unter den Erwachsenen, mit denen ich es zu tun hatte, und sie werden mit den Jahren wahrlich nicht zahmer. Aber zurück zur Sache und zum entscheidenden Punkt: Du musst jetzt weiter einen harten Kurs einschlagen und ihnen klarmachen, dass du ein würdiger Gegner bist. Und nicht nur das – dass du ein Gegner bist, der auf den Sieg aus ist!«

Tante Mona lehnte sich auf dem Stuhl zurück und nickte zufrieden.

Nils sah mich an.

Ich erwiderte blinzelnd seinen Blick.

»Na los doch, wo bleibt euer Kampfgeist?«, rief Tante Mona. »Wollt ihr es den Tussis heimzahlen oder nicht?«

»Doch, schon«, sagte Nils.

»Na klar«, sagte ich leise.

Was Tante Mona da gesagt hatte, war ja schön und gut, trotzdem war ich längst nicht davon überzeugt. Sie wusste ja nicht, mit was für fiesen Mächten wir es zu tun hatten. Ich konnte mir nicht vorstellen, dass die erwachsenen Zicken, die sie kannte, in derselben Liga wie Thea, Ronja und Shirin spielten.

»Verstehe. Du denkst, sie hätten die besseren Karten«, bemerkte Tante Mona.

»Aber das *haben* sie doch auch!«, rief ich aus. »Sie sind die drei beliebtesten Mädchen der Siebten, und ich … ich bin ich!«

»Und darüber solltest du froh sein«, sagte Tante Mona. »Vielleicht sind sie im Augenblick beliebter als du, aber das kann sich ändern. Du hättest mal deine Mutter mit zwölf sehen sollen! Sie hatte strähnige Haare und einen doppelt so breiten Hintern, als gut für sie gewesen wäre. Ich will jetzt nicht behaupten, dass aus ihr das coolste Mädchen der Schule wurde, nachdem sie den Spitznamen Fettarsch abgelegt hatte, aber seither ist eine Menge geschehen, um es mal so zu sagen!«

Sie nahm einen Happs von ihrer Tacoschale.

Ich seufzte.

Auch wenn Tante Mona meine Lieblingstante war, dachte ich in diesem Moment nur, dass sie leider total danebenlag.

»Als würde ich jemals beliebter als Thea, Ronja und Shirin sein«, wandte ich ein. »Sieh mich doch nur an, ich bin ein Freak!«

Tante Mona schoss so schnell vom Stuhl hoch, dass er fast umkippte.

Dann kam sie, den Mund voller Hackfleisch und Käse, um den Tisch herumgeeilt.

»Sowasch dafscht du nischschagen!«, sagte sie und drückte mich an sich. »Dubischtkeinfreak!«

Ich hörte sie schlucken. Ihr Hals befand sich direkt neben meinem rechten Ohr.

»Du bist kein Freak«, wiederholte sie, als sie wieder deutlich sprechen konnte. »Hast du verstanden? Du bist Anne Bea, die zauberhafteste, lustigste und cleverste Zwölfjährige, die ich kenne.«

Sie sah auf.

»Und du kommst gleich dahinter, Nils.«

Er lächelte.

»Das sagst du nur, weil du meine Tante bist«, behauptete ich.

Sie ließ mich los und sah mich an.

»Ein bisschen stimmt das natürlich«, gab sie zu, »aber ich bin durchaus überzeugt von dem, was ich noch gesagt habe. Zum Beispiel hat keine andere Zwölfjährige, die ich kenne, ein so bezauberndes Lächeln wie du. Und wenn ich so drüber nachdenke, muss ich fast sagen, dass Nils, was das angeht, den ersten Platz mit dir teilt.«

Nils zog seine Mundwinkel so nach oben, dass sie beinahe seine Ohrläppchen erreichten.

»Und du hast nicht nur ein hübsches Lächeln«, sagte Tante Mona und streichelte meine Wange, »du hast auch die schönsten Augen, die mir je untergekommen sind. Blaugrau mit einer Spur Grün. Kann ja sein, dass du nicht so gut damit siehst, aber das heißt nicht, dass sie nicht schön wären. Und sieh dir diesen Körper an! Erzähl deiner Mutter bloß nicht, dass ich das gesagt habe, aber in ein paar Jahren werden die Jungs bei dir Schlange stehen. Wart's nur ab!«

Sie zwinkerte mir zu.

»Aber das Wichtigste ist dein nettes Wesen«, fügte sie hinzu. »Wärst du eine von diesen Superzickenmädels, die gemeine Dinge zu anderen sagen, hätten dir dein Humor, deine Cleverness und dein Aussehen auch nichts genützt – und dann hättest du auch keine Extrapunkte dafür bekommen, meine Nichte zu sein.«

Das musste man Tante Mona lassen, auch wenn ich rot geworden war, als sie das über meinen Körper gesagt hatte, sie schafft es immer wieder, mich aufzuheitern.

»Aber was soll ich denn deiner Meinung nach tun?«, fragte ich sie. »Ich kann doch morgen nicht einfach in die Schule marschieren und es Thea heimzahlen.«

Tante Mona setzte sich wieder.

»Nein, wir müssen einen Plan schmieden«, sagte sie. »Einen Erfolg versprechenden Plan!«

»Aber wie soll ich es schaffen, Thea zu besiegen?«,

fragte ich. »Wir sprechen hier trotz allem über mein *Leben*, nicht nur über irgendeinen Talentwettbewerb. Thea wird mich plattmachen, wenn ich versuche, ihr Kontra zu geben. Ronja und Shirin auch. Das wird in einem Blutbad enden!«

»Der Talentwettbewerb? Ist der denn jetzt?«, hakte Tante Mona nach.

»In zwei Wochen«, sagte Nils.

»Und das sagt ihr erst jetzt?! Es geht schließlich um die größte Party der Unterstufe!«

Ich seufzte.

Typisch Tante Mona, sich mit dem Wettbewerb statt mit dem Blutbad zu beschäftigen. Sie liebte es nämlich, auf Partys zu gehen.

Ich bekam nur keine Gelegenheit mehr, das einzuwenden, denn Nils und sie hatten mich anscheinend völlig vergessen und redeten nur noch über den Wettbewerb.

»Im letzten Jahr haben ihn zwei Breakdancer aus der Klasse über uns gewonnen«, erklärte Nils. »Aber Nadif aus unserer Klasse kam auf den zweiten Platz. Mit einem Song, den er auf so 'ner Bongotrommel gespielt hat.«

»Auf einer Bongotrommel? Ach du meine Güte!«, warf Tante Mona ein.

»Und Johanne aus der Parallelklasse wurde Dritte. Sie spielt Geige.«

»Na so was!«

»Nadif und Johanne machen auch in diesem Jahr wieder mit. Aber Annebino und ich glauben, dass *Fuck Justin* gewinnen wird – die Band von Magnus und den anderen.«

Ich machte den Mund auf.

»D-d-d-d…«

Weiter kam ich nicht. Plötzlich war meine Kehle wie zugeschnürt. Ich bekam keine Luft mehr.

»D-d-d-di-i-i…«, versuchte ich es erneut. »T-th-h …s-s-si-i-i-i.«

Ich sah Nils an.

Er nickte.

»Wir haben am Dienstag nämlich erfahren, dass Thea ihre Frontfrau sein wird«, erklärte er Tante Mona.

Sie zog beide Augenbrauen hoch und sah mich an.

»Thea? Soll sie etwa bei *Fuck Justin* singen?«

Ich nickte.

»Laut Annebino singt sie katastrophal«, sagte Nils.

»Ja, das ist wirklich nicht weit von der Wahrheit entfernt«, sagte Tante Mona. »Als Anne Bea und sie zusammen im Kinderchor waren, hatte sie ein Solo, und das war eines zu viel. Wenn ich mich richtig erinnere, lag sie irgendwo zwischen brüllendem Pavian und einer Katze, der man auf den Schwanz getreten hat.«

Sie schwieg lange, bevor sie Nils ansah.

»Aber du hast doch gesagt, ihr glaubt, dass *Fuck Justin* in diesem Jahr gewinnen wird. Wie können sie das mit Thea als Sängerin?«

»Weil sie alle Mädchen aus der Klasse gefragt hat, dazu eine Tanznummer mit ihr einzustudieren«, sagte er. »Na ja, alle bis auf Annebino. Und Hanna-Merete, aber sie hat sich den Arm verstaucht und kann deshalb nicht mitmachen. Und damit wird die Jury von dem ganzen Gehampel abgelenkt sein und nicht bemerken, dass Thea gar nicht singen kann. Denn tanzen kann sie ziemlich gut. Und wir gehen davon aus, dass *Fuck Justin* supergut spielen wird. Also werden sie bestimmt trotzdem gewinnen.«

»UND DANN WIRD THEA IM MITTELPUNKT STEHEN, OBWOHL MAGNUS GARANTIERT OHNE SIE GEWONNEN HÄTTE!!!!!«

Tante Mona, Nils und Kristoffer fielen fast vom Stuhl.

Ich hatte meine Stimme offenbar wiedergewonnen.

»Und deshalb haben Nils und ich beschlossen, den ganzen Mist sausen zu lassen und dieses Jahr zu Hause zu bleiben«, krächzte ich.

Ich übertreibe nicht, wenn ich sage, dass Tante Monas Kinnlade herunterfiel.

»Was sagst du da? Ihr wollt da nicht … wollt ihr nicht …«

Es gelang ihr noch nicht einmal, den Satz zu beenden, so geschockt war sie. Aber es dauerte nicht lange, bis sie sich wieder gefasst hatte.

»Ihr wollt da nicht HINGEHEN?!«, rief sie aus. »Aber hast du denn schon vergessen, was heute in der Schule passiert ist, Anne Bea? Magnus weiß nicht nur, wie du heißt, und hat dich gegen Thea, Ronja und Shirin verteidigt, sondern er hat vor der ganzen Klasse so gut wie zugegeben, dass er dich Ronja vorzieht! Nein, nix da! Wenn du den Superzicken dieser Welt zeigen willst, wo's langgeht, darfst du jetzt nicht den Kopf einziehen!«

»Aber …«

»Kein aber! Ich werde dich zu diesem Talentwettbewerb schleifen, und wenn es das Letzte ist, was ich tue!«

Ich musste lächeln.

Es war ja nicht so, dass ich nicht dort hingehen wollte. Eigentlich wollte ich nichts lieber als das. Seit Gerüchte aufgekommen waren, dass *Fuck Justin* teilnehmen würde, hatte ich mich darauf gefreut, Magnus Schlagzeug spielen zu hören. Als ich erfahren hatte, dass Thea ihre Frontfrau sein würde, hatte ich nur den Mut verloren. Und wenn ich den Mut verlor, verlor Nils ihn auch.

»Gut, ich weiß, was wir jetzt machen«, sagte Tante Mona energisch.

Sie lehnte sich zu Nils und mir herüber.

»Ich habe einen Plan. Aber zuerst muss ich eines wissen – vertraut ihr mir?«

Ich hörte Nils husten. Ich selbst brachte keinen Laut über die Lippen.

»Ich werte das mal als ein Ja«, fuhr sie fort. »Wir haben nämlich ein paar anstrengende Wochen vor uns, und da ist es wichtig, dass wir an einem Strang ziehen. Tun wir das?«

Wir nickten alle beide.

»Prima, dann hört mir gut zu. Wenn wir fertig gegessen und ich den kleinen Kapitän Säbelzahn hier vor dem Kinderkanal geparkt habe, treffen wir uns im Hobbykeller. Anne Bea, du bringst die Sachen mit, die du *eigentlich* gerne in der Schule tragen würdest – und tu nicht so, ich weiß sehr wohl, was du am liebsten anziehen würdest! Und du, Nils, sorgst für gute Laune.«

Ich öffnete den Mund, um zu sagen, dass ich gerade

null kapierte, aber meine Tante brachte mich zum Schweigen.

»Tut einfach, was ich sage. Und jetzt esst euer Essen auf.«

»Wir müssen ihm einen Namen geben.«

»Wem?«, fragte Tante Mona. »Dem Essen?«

»Dem Plan.«

»Glänzender Einwand. Hast du einen Vorschlag?«

»Was wäre es mit Operation … äh … Mission …«

»Taco!«, rief Kristoffer und zeigte auf die Taco-Schüssel.

Er war endlich fertig damit, Hackfleisch, Käse und Soße in sich hineinzustopfen, und wollte jetzt die Tacoschalen essen.

Tante Mona legte ihm zwei auf den Teller und küsste ihn auf den Seeräuberhut.

»Mission Taco, das ist es!«, rief sie.

Dann griff sie nach ihrem Wasserglas und leerte es in einem Zug.

11 In der Schusslinie

Falls ich gedacht hätte, dass meine Mitschüler mich nach der Sache mit Magnus in einem völlig neuen Licht sehen würden, wäre ich enttäuscht worden. Als Nils und ich am nächsten Tag ins Klassenzimmer kamen, war nämlich alles wie immer.

Aksel lag hinten neben der Tür über seinem Pult und schaute sich lauthals lachend Handyaufnahmen von seinen Fürzen an. Mari und Hanna-Merete waren vorne an der Fensterfront in ein leises Gespräch vertieft. Ahn, Frida und die anderen, die schon da waren, hingen halb schlafend in den Schulbänken, während Nadif, der in der Mitte saß, bereits büffelte. Keinem fiel auf, dass ich meine Haare zu einem Seitenscheitel statt zu einem Mittelscheitel geföhnt hatte.

Thea, Ronja und Shirin waren noch nicht gekommen, aber auch das war nicht ungewöhnlich. In der Regel kamen sie erst, nachdem es zur Stunde geklingelt hatte, quetschten sich dann zwischen allen Bänken hindurch und rammten mit ihren Rucksäcken gegen jeden, der sich schon gesetzt hatte.

»Gut, dass wir Mathe haben«, flüsterte ich Nils zu. »Falls ich gleich in die Schusslinie geraten sollte, meine ich.«

Nils antwortete nicht. Und das nicht zum ersten Mal heute Morgen. Schon seit wir uns am Fahrradständer auf dem Schulhof getroffen hatten, war er seltsam still. Er hatte bisher noch nicht mal versucht, seine Haare in Form zu streichen. Auf einer Seite standen sie senkrecht ab. In regelmäßigen Abständen zuckten seine Nasenflügel, seine Augen waren geschwollen. Er war meinetwegen offensichtlich sehr besorgt.

Ich holte mein Mathebuch heraus und überflog die Hausaufgaben.

Eigentlich wusste ich, dass ich alle Aufgaben gelöst hatte, aber ich sah sie trotzdem noch einmal durch. Herr Holst, unser Mathelehrer, fragte mich nämlich mindestens einmal pro Stunde irgendetwas. Er wusste, dass es mir Spaß machte zu antworten, aber dass ich mich nicht traute, mich zu melden.

Odd Holst war schon seit mindestens vierzig Jahren Mathelehrer an unserer Schule und mein absoluter Lieblingslehrer. Er hatte nur noch einen spärlichen

Haarkranz, dafür aber einen gewaltigen Bauch. Er glaubte vermutlich, ihn in seinen braunen Cordsamthosen verstecken zu können, weil er sie immer bis unter die Achseln hochzog, aber das nützte ihm nichts. Es sah trotzdem noch so aus, als hätte er einen Sitzsack verschluckt.

Meine Mutter behauptete immer, dass Herr Holst und Frau Kleppe früher mal ein Paar gewesen waren, als Tante Mona und sie noch in die Schule gingen, und obwohl der Gedanke zuerst abwegig schien, passten sie doch irgendwie zusammen. Wenn sie sich genau gegenüberstanden, machte es fast automatisch »Klick!«, als würde man zwei Puzzleteilchen zusammensetzen. Der Bauch von Herrn Holst fing genau da an, wo Frau Kleppes Brüste aufhörten.

Doch obwohl Herr Holst ziemlich merkwürdig aussah, hatte er jede Menge Humor. Das fanden allerdings nur Mari und ich, denn von unseren Klassenkameraden lachte nie jemand, wenn er etwas sagte. Eigentlich lachte ich auch nicht laut. Ich wollte nicht, dass Thea sich über mich lustig machte, weil ich über etwas lachte, was ein Lehrer gesagt hatte. Aber ich glaube, Herr Holst wusste, dass ich ihn amüsant fand, weil er Mari und mich immer direkt ansah, wenn er einen entsprechenden Kommentar von sich gab. Und wenn er mich lächeln sah, lächelte er auch, bevor er sich an die Klasse wandte und etwas sagte wie: »Immer mit der Ruhe, Leute, das nächste Mal wird's noch niveauloser!«

Wenn ich meinen Eltern und Tante Mona etwas Lustiges erzählte, das Herr Holst in der Mathestunde gesagt hatte, passierte immer dasselbe – Tante Mona prustete los, bevor Mama sagte: »Der werte Herr Holst war schon immer ein bisschen zu ironisch, um die Unterstufe zu unterrichten.« Darauf erwiderte Tante Mona dann, dass Odd Holst auch ihr Lieblingslehrer gewesen sei und meine Mutter sagte: »Vermutlich, weil du nie Zielscheibe seiner Kommentare gewesen bist.«

»NA, WAS HABEN WIR DENN DA!! Wer hat denn da schon die Nase ins Mathebuch gesteckt?!«

Meine Schultern verkrampften sich.

Thea.

»Nicht schwer zu sehen, wer in der Klasse der Blindfisch ist«, ergänzte Shirin.

»Die blöde Albinovisage!«, stimmte Ronja ein.

Ich drehte mich nicht um, guckte einfach weiter in mein Mathebuch. Auch wenn Tante Mona gesagt hatte, dass man von Anfang an einen harten Kurs einschlagen musste, wenn man in die Schusslinie geriet, hatte sie mir auch eingeschärft, dass ich erst noch warten sollte. Die »Mission Taco« würde ein paar Wochen dauern, noch sollte ich nicht zurückschlagen.

»Ich soll dich übrigens von Felix grüßen und dir sagen, dass er KEIN Homo ist!!«, rief Thea.

Das hatte ich ja auch gar nicht behauptet. Aber da Thea sich ja nie darum scherte, was ich wirklich sagte, war ich nicht überrascht.

»Und glaub ja nicht, dass Magnus scharf auf dich ist, denn das ist er NICHT!!«, rief Ronja gleich hinterher. »Er geht mit mir, und wir sind so verknallt, dass wir kaum die Hände voneinander lassen können! Nur, damit du's weißt!«

Von der Reihe am Fenster kam ein Kichern.

»Ja? Wollt ihr da vorne etwas sagen?«, rief Thea.

»Nein«, kam es prompt zurück.

»Na, das will ich euch auch nicht geraten haben!«

Ich sah zum Fenster. Mari und Hanna-Merete sind bis auf Nils und Nadif die Einzigen in der Klasse, die mich nie auslachen. Auch wenn ich schlecht sah, so etwas kriegte ich mit. Aber ich erwartete nie, dass sie mich verteidigen würden oder so. Meinetwegen wollten sie nicht in die Schusslinie geraten, da landeten sie oft genug von selbst.

Thea hielt Hanna-Merete für blöde und fett, und

fand, dass Mari sich im Unterricht zu oft hervortat. Mari fürchtete sich nämlich nicht davor, sich zu melden und zu zeigen, dass sie gerne Hausaufgaben machte. Noch dazu hatte sie die Tendenz, gedankenlos einfach mit dem, was ihr gerade durch den Kopf schoss, herauszuplatzen. Wie in der Sportstunde, als alle Mädchen bis auf Hanna-Merete und ich Theas Tanz eingeübt hatten. Kein Wunder also, dass sie auf Theas Hassliste ganz weit oben rangierte. Für Thea gab es nichts Schlimmeres als Menschen, die ihr die Meinung sagten.

Man könnte vielleicht glauben, ich wäre mit Mari und Hanna-Merete befreundet, da wir alle auf dieser Hassliste standen. Aber die beiden waren ja nicht blöd – auch wenn sie sich mehrere Plätze unter der Topliga befanden, rangierten sie immer noch über mir. Und alle wussten schließlich, dass man sich mit Leuten aus der eigenen Liga oder besser noch mit der über einem anfreunden sollte. Manchmal tat mir Nils fast ein bisschen leid, dass er um ein paar Plätze gefallen war, als er am ersten Schultag mein Freund wurde.

»Ist das nicht ein herrlicher Morgen, Kinder!«

Herr Holst!

Ich atmete erleichtert auf.

»Und wisst ihr, warum ich so guter Laune bin?«, fuhr er fort.

»Nicht? Na, dann will ich's euch sagen – vor mir liegt nicht nur ein ganzer Schultag, ich habe auch noch das Vergnügen, diese hochintelligente Bande in Mathe zu unterrichten!«

Er lächelte Mari und mir zu, bevor er seinen Blick durch das Klassenzimmer schweifen ließ.

»Aber, aber, Thea und Ronja, das ist doch keine Art, mir eure Wiedersehensfreude zu zeigen! Immer langsam, natürlich dürft ihr heute nach vorn an die Tafel kommen!«

Ich lächelte auf mein Mathebuch herunter.

Egal, was meine Mutter sagte, ich fand, Herr Holst hatte gerade das richtige Maß an Ironie. Nils fand das auch, jedenfalls, wenn ich ihm erklärte, was Herr Holst damit sagen wollte.

Ich lehnte mich zu Nils herüber.

»Er hat gemeint, dass …«

»Ist mir scheißegal, was er gemeint hat.«

Ich fuhr zusammen. Nils unterbrach mich sonst nie.

»Ich habe gerade an Wichtigeres zu denken«, sagte er. »Ich konnte es gestern ein bisschen verdrängen, weil so viel passiert ist. Aber jetzt bin ich so nervös wegen Morgen, dass ich es kaum schaff …«

»He, und was soll ich da sagen?«, schnaubte ich. »Die sich direkt in der Schusslinie der Superzicken befindet? Stell dir mal vor, wie das für mich ist!«

Und da kam es.

»Stimmt ja. Wie konnte ich *dich* nur vergessen? Das ist natürlich das Schlimmste für dich! Für dich ist es ja *immer* am schlimmsten!«, fauchte er mich an.

Diese Worte hätten ebenso gut von Herrn Holst stammen können, denn Nils Ton war genau derselbe – nur mit dem Unterschied, dass er es kein bisschen lustig meinte.

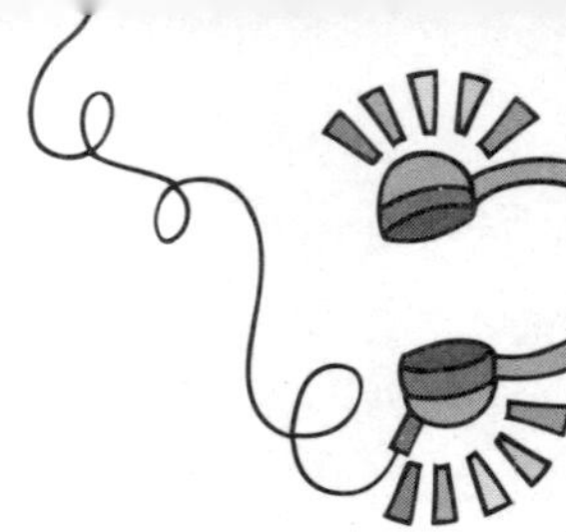

12 Picknick mit Pudel

Nils war den Rest des Tages stinksauer auf mich. Ich musste in der großen Pause sogar ohne ihn in die Schulbibliothek gehen, weil er mit Franz zu Mittag essen wollte.

Franz ging in unsere Parallelklasse und war der Viertschlimmste mit dem man nach ZP-Celine, Brand-Birk und mir in der Siebten befreundet sein konnte. Er trug eine Harry-Potter-Brille, spielte Schach, sammelte Steine und erinnerte gefährlich an einen Freak. Wenn er Nils also ab und zu einmal fragte, ob er mit ihm zu Mittag aß, hatte Nils das Gefühl, nicht Nein sagen zu können. Ich auch nicht. Schließlich aß Franz sonst fast immer allein.

An diesem Tag hatte ich allerdings damit gerechnet, dass Nils ablehnen würde. Schließlich befand ich mich trotz allem in der Schusslinie und musste unbedingt über Magnus reden. Aber Nils schoss nur so vom

Stuhl hoch, als Franz kam, und fragte mich noch nicht einmal, ob ich mitgehen wollte! Ich wusste wirklich nicht, was mit ihm los war! Er wollte also lieber Franz' ewige Leier über seine doofe Steinesammlung hören, als mir zuzuhören. Wer war denn jetzt selbstsüchtig?!

Sein Glück, dass nichts passierte, wobei ich ihn gebraucht hätte. Thea, Ronja und Shirin waren in den Pausen so in die Proben zu ihrem Tanz vertieft, dass sie mich völlig vergessen zu haben schienen.

Von Magnus war auch nichts zu sehen. Aber ich verbrachte ja auch jede Pause mit Jan Erik Poppe, unserem Bibliothekar, in der Schulbibliothek, und Magnus zog es nicht so oft dorthin wie mich.

Auch der ganze Samstag verging, ohne dass ich etwas von Nils hörte.

Nicht, dass wir uns verabredet hätten. Trotzdem redeten wir sonst jeden Tag einmal miteinander, selbst in den Ferien. Aber an diesem Samstag kam nicht eine SMS von ihm, dabei hatte ich ihm zwei geschickt!

Als ich Sonntagmorgen wach wurde und auf mein Handy sah, traf mich der Kummer genauso hart wie die unzähligen Handbälle, die ich im Laufe einer Sportstunde immer ins Gesicht kriegte. Nils hatte sich immer noch nicht gemeldet!

Ich wollte nichts lieber, als im Bett liegen bleiben

und mich mal wieder in meine Normalo-Welt zurückziehen. Ich war mir sicher, Nils hatte festgestellt, dass ich eine total unbrauchbare Freundin war und er stattdessen lieber mit Franz befreundet sein wollte.

Aber ich musste aufstehen. Nicht nur, weil Mama schließlich in mein Zimmer kam, mir die Decke wegzog und sagte, Papa habe seine Spezialspiegeleier gemacht, sondern auch, weil ich und Nils uns um zwölf Uhr bei Tante Mona treffen sollten. Wir hatten den ganzen Rest des Sonntags für die Mission Taco eingeplant. Ich konnte die beiden jetzt nicht im Stich lassen, wo sie sich so für mich einsetzten.

Als ich kurz vor zwölf in Tante Monas Einfahrt radelte, war ich so nervös, dass ich beinahe in die Mülleimer hineingefahren wäre.

Was, wenn Nils nicht käme?

Dann würde nicht nur die Mission Taco in Scherben liegen, sondern mein ganzes Leben. Nichts würde mir irgendetwas bedeuten, wenn Nils nicht mehr mit mir befreundet sein wollte – noch nicht einmal Magnus.

»Hallo, Annebino.«

Nils!

Er hatte mich also doch nicht im Stich gelassen!

Er wartete an Tante Monas Fahrradständer auf mich, genauso, wie er es immer vor der Schule tat! Und neben ihm lag die schwarze Tasche, mit dem wichtigsten Utensil, das er für die Mission Taco brauchte!

Aber schon nach kurzer Zeit war ich wieder ein Nervenbündel. Als ich ihm nämlich nah genug gekommen war, um ihn scharf zu sehen, erkannte ich, dass sich seine Laune seit Freitag nicht einen Tick verbessert hatte. Er lächelte kein bisschen. Bis auf ein Zucken der Mundwinkel vielleicht. Außerdem standen seine Haare nach allen Seiten ab und er trug seinen Pulli falsch herum. Und es war ein Kapuzenpulli – das sagt ja wohl alles!

Kaum hatte ich meinen Fahrradhelm abgenommen, strömte alles aus ihm heraus.

»Ich werde nie, nie mehr nach Drammen fahren, ich hatte die ganze Nacht Durchfall!«, sagte er gepresst.

Plötzlich wurde mir alles klar.

Deshalb war er am Freitag so wütend auf mich gewesen, *deshalb* hatte er mir keine einzige SMS geschickt. Nils war schließlich nicht der Typ, der nur an sich selbst dachte. Das war ich!

Inmitten der ganzen Geschehnisse mit Magnus und unserer Mission hatte ich völlig vergessen, dass Nils zum allerersten Mal seinen Vater besuchen sollte!

Es war von Anfang an schiefgelaufen.

Als sein Vater ihn Samstagmorgen am Bahnhof in

Drammen abgeholt hatte, hatte Nils kaum Hallo sagen können, bevor sich eine hoch aufgeschossene, dünne Bohnenstange mit hellbrauner, lockiger Pudelfrisur zwischen seinen Vater und ihn drängte.

»Ich hab dir doch von Sissel erzählt, als wir uns zuletzt gesehen haben, weißt du noch?«, sagte sein Vater.

Nils hatte versucht, sich zu erinnern, wusste von ihrem letzten Treffen aber nur noch, dass es fast ein Jahr her war und dass sein Vater nach einer halben Stunde aufbrechen musste, weil er sich einen neuen Trecker mit Vierradantrieb kaufen wollte.

»Sissel und ich kennen uns jetzt ja schon eine ganze Weile«, fuhr sein Vater fort und legte den Arm um den Pudel, »und es würde mich freuen, wenn ihr euch auch kennenlernen würdet. Deshalb wird sie den ganzen Tag mit uns verbringen.«

Dabei hatte Nils gedacht, dass sein Vater ihn zu sich eingeladen hatte, damit *er und Nils* sich endlich einmal besser kennenlernen konnten!

Fünf Minuten später hatte Nils schon erzählt, wie es in der Schule lief, wie es zu Hause stand und wie es ihm ansonsten ging. Der Pudel hatte erzählt, dass sie bei der Post arbeitete und eine elfjährige Tochter namens Oda hatte, und Nils Vater hatte erzählt, dass er befördert worden war und sich noch einen Trecker mit Vierradantrieb gekauft hatte.

Nils Vater war anscheinend nicht so wie meiner. Mein Vater hält teure Wagen für Unsinn, deshalb fahren wir auch immer noch in einem alten Mazda herum, der fünfmal im Jahr eine Panne hat. Darüber hinaus war der Pudel definitiv nicht wie Nils Mutter, denn sie wollte so viel Zeit wie möglich draußen verbringen. Sobald sie den Wagen bei Nils Vater abgestellt hatten, war sie hinausgesprungen und hatte den Weg zum Wald hinter dem Haus eingeschlagen.

»Immer mir nach! Wir machen ein Lagerfeuer, grillen Würstchen und sitzen gemütlich zusammen!«, rief sie.

»Ist sie nicht toll?«, sagte Nils Vater und sah Nils lächelnd im Rückspiegel an. »Sie ist das, was man einen positiven Menschen nennt.«

Aber Nils brachte kein Wort heraus. Seine Nasenflügel hatten da so stark gebebt, dass es ihn alle Kraft kostete, das vor seinem Vater zu verbergen.

Und jetzt wusste ich auch, warum er die ganze Nacht Durchfall gehabt hatte – Nils hatte nämlich eine Heidenangst vor Feuer und Flammen.

Und damit meine ich nicht, er fürchtete, dass das Haus, in dem seine Mutter und er wohnten, abbrennen oder dass in der Nähe ein Waldbrand ausbrechen könnte oder so – denn davor habe ich auch Angst, und viele andere bestimmt auch.

Nein, Nils schlug es schon auf den Magen, wenn er nur ein Streichholz sah. Er glaubt, es hat etwas damit zu tun, dass seine Mutter einmal einen Topf Spaghetti auf dem Herd vergessen hatte, das ganze Haus voller Qualm gewesen war und die Küchengardine zu brennen begonnen hatte. Damals war er erst knapp vier Jahre alt gewesen, aber er erinnerte sich noch deutlich daran, dass er sich damals vor Angst in die Hosen gemacht hatte.

Schließlich war seine Mutter von seinem Geschrei wach geworden, hatte den Herd ausgestellt und die Flammen gelöscht, aber seitdem reagierte Nils immer wieder auf dieselbe Art, wenn er etwas sah, das ihn irgendwie an diese Szene oder an Feuer erinnerte – er fing an zu schreien und machte sich in die Hose.

Wenn in der Schule ein Aktivitätstag war, hatte er immer ein Entschuldigungsschreiben mit, sodass er nicht beim Lagerfeuer auf dem Kleinen Berg mitmachen musste. Und ich bin mir sicher, dass keiner meiner Klassenkameraden die Englischstunde vergessen hat, in der wir verschiedene Berufe durchnahmen und Frau Sandel nicht daran dachte und einen Film über

Feuerwehrleute zeigte, der *Fire! Fire!* hieß. Mir klingelten jedenfalls noch Tage später die Ohren von Nils Schreien.

»Du, Papa …«, setzte Nils an, als sie den Pudel zwischen den Bäumen verschwinden sahen, »ich hab das vielleicht noch nie erwähnt, aber ich habe Angst vor …«

»Mensch, Nils, du bist doch wohl nicht so ein Hasenfuß, der nicht gerne draußen ist, sondern nur drinnen hockt und den ganzen Tag Computerspiele spielt, oder?«, unterbrach ihn sein Vater. »Wenn das so ist, muss ich wirklich mal ein ernstes Wörtchen mit deiner Mutter reden. Sie ist immer schon ein bisschen … wie soll ich sagen … na ja, sie ist zumindest keine so zupackende Frau wie Sissel, um es mal so zu sagen.«

Und damit marschierte er dem Pudel hinterher und ließ Nils mit seinem nervösen Magen stehen.

»Und was hast du dann gemacht?«, fragte ich ihn.

»Was glaubst du?«, schniefte Nils. »Mir blieb ja keine andere Wahl, ich musste ihnen folgen.«

»Hättest du diesem Pudel nicht sagen können, dass …«

»Was denn? Dass ich ein Feigling bin?«

Er hob seine schwarze Tasche hoch. Für einen Moment schien es, als wäre sie zu schwer für ihn, aber schließlich warf er sie sich über die Schulter.

»Nein, das nicht«, sagte ich. »Aber vielleicht ist sie gar nicht so ein draufgängerischer Typ wie dein Vater?«

»Das glaubst du doch wohl selbst nicht! Du hättest sie mal sehen sollen. Sie hatte das Lagerfeuer im Handumdrehen entfacht, ist herumgewirbelt und war total aufgedreht! Und Papa hat sie nur angestarrt, als wäre sie eine riesige Marzipantorte, die er vernaschen wollte. Mal abgesehen davon, dass er gar keinen Kuchen isst. Gut war nur, dass der Pudel nicht mehr an das Feuer gedacht hat, nachdem ich ihr erzählt habe, dass ich im Wald einen Pfifferling entdeckt hätte, als ich dort hinter einem Baum verschwinden musste. Sie ist nämlich ganz versessen aufs Pilzesammeln, also haben wir von da an nach Pfifferlingen gesucht, statt Würstchen zu grillen.«

Ich klingelte an Tante Monas Tür.

»Da hast du ja noch mal Glück gehabt«, sagte ich.

»Von wegen, Papa war damit überhaupt nicht einverstanden! Er kam hinter uns hergelaufen und sagte, dass Pilze sammeln etwas für ältere Damen und Rentner sei. Aber da wurde der Pudel wütend und sagte, dass ich ja schließlich nichts dafür könne, dass ich ein

Naturtalent im Pilzeaufspüren sei, und da fehlten ihm die Worte.«

»Da hast du ja noch mal Glück gehabt.«

»Von wegen, denn kurz darauf hat sie gesagt, dass sie sich schon darauf freut, wenn ich zu Weihnachten ihre Tochter kennenlernen würde.«

»Zu Weihnachten? Aber du feierst Weihnachten doch immer mit deiner Mutter!«

»Ja, das habe ich auch gesagt. Aber da hat sie nur gelächelt und gesagt, dass sich das noch herausstellen würde. Dann hat mein Vater nach uns gerufen und gesagt, dass er mich zum Bahnhof bringen müsse.«

»Kein Wunder, dass du nie mehr nach Drammen willst. Das von deinem Vater klingt nicht gut und das von diesem Pudel auch nicht!«

Mehr konnte ich nicht sagen, denn da öffnete Tante Mona die Tür.

»Da schau her, pünktlich wie immer«, krächzte sie.

Dasselbe konnte man von ihr nicht behaupten. Auch wenn sie uns eingeladen hatte, schien sie gerade erst aufgestanden zu sein. Sie kniff die Augen zusammen, obwohl das Licht draußen nicht besonders hell war, und ihre langen Haare waren am Oberkopf zu einem Kranz hochgesteckt. Nur, dass sie nicht länger wie ein Kranz, sondern eher wie ein Vogelnest aussahen.

Als ich genauer hinsah, konnte ich sogar einen echten Zweig darin entdecken.

»Hereinspaziert, hereinspaziert«, sagte sie und zog den Morgenmantel enger um sich, »ich habe unsere Verabredung nicht vergessen, wie käme ich auch dazu. Ich war gestern nur auf einer Party, und es ist etwas später geworden, als ich gedacht hatte. Gebt mir fünf Minuten, dann bin ich wie neu geboren!«

Damit verschwand sie mit flatterndem Morgenmantel im Badezimmer.

Nils und ich sahen uns an.

»Entschuldige, dass ich das mit deinem Vater vergessen hatte, ich wollte nicht nur an mich denken«, sagte ich. »Ich werde nie wieder eine so schlechte Freundin sein.«

»Schon okay. Du bist gar nicht so schlimm als Freund, du bist noch nicht mal der Drittschlimmste. Ich hatte ganz vergessen, wie öde es ist, Franz über seine Steinesammlung quatschen zu hören.«

Er versuchte, seine Haare glatt zu streichen, und grinste.

Als wir in den Flur kamen, grinste ich auch.

Und als wir das Wohnzimmer betraten, grinsten wir unisono, denn Tante Mona hatte nicht nur eine Schale Chips und eine zweite mit Süßigkeiten auf den Tisch gestellt – sie hatte auch alles für die Mission Taco vorbereitet!

Nils ließ seine schwarze Tasche auf die Couch fallen, nahm das Geschenk heraus, das er von seiner Mutter zu seinem neunten Geburtstag bekommen hatte, und legte es vorsichtig auf den kleinen Tisch, den Tante Mona ihm hingestellt hatte.

Er strich über seine glatte Oberfläche.

Vor ihm lag ein Yamaha-Keyboard mit der coolsten Drum-Maschine, die ihr euch vorstellen könnt – sie kann Rhythmen wie Samba und Country und Bossa Nova und einen Groove, der sich Beguine nennt, worunter weder Nils noch ich uns etwas vorstellen können.

»Okay, Leute! Zuerst wärmen wir uns fünf Minuten auf, dann geht's los!«

Nils und ich drehten uns zur Tür.

Tante Monas Gesicht sah immer noch ziemlich müde aus, aber sie hatte sich immerhin angezogen.

Nils begann, seine Finger zu bewegen, krümmte und streckte sie, wie er es immer vor dem Spielen tat. Das machte sie beweglich, sodass sie leichter über die Tasten gleiten können.

»Na los, Anne Bea, du musst dich auch aufwärmen«, forderte Tante Mona mich lächelnd auf.

Ich trat an den Ständer, den sie in der Zimmermitte aufgestellt hatte.

Mein Herz lief Amok, schlug mir bis zum Hals und tanzte wie verrückt in meiner Brust.

Ich holte tief Luft.

Dann griff ich nach dem Mikrofon und fing an zu singen.

13 Wow, Anne Bea!

Als ich fünfeinhalb war, wäre meine Mutter vor Schreck einmal fast in Ohnmacht gefallen, als sie mich im Kindergarten abholen wollte.

»Was ist passiert?!«, rief sie aus, als sie mich sah. »Ach du meine Güte, was ist bloß passiert?! Herr Jørgensen, sagen Sie's mir!«

Jørgen Jørgensen wurde meistens nur Jøgge genannt, hatte einen langen schwarzen Pferdeschwanz und trug Röhrenjeans. Mittlerweile ist er Keyboarder in einer Rockband und unterrichtet in seiner Freizeit Musikschüler (unter anderem Nils), aber früher arbeitete er als Kindergärtner in meinem Kindergarten. Wenn die anderen nicht mit mir spielen wollten, verbrachte ich meine Zeit mit ihm. Man konnte also sagen, dass wir uns ziemlich gut kannten.

»Keine Sorge, Anne Bea ist völlig in Ord…«, setzte Jøgge an.

»Keine SORGE?! SIE TRÄGT ABER KEINEN FAHRRADHELM!«

»Aber …«

»Kein Aber! Sie sieht viel zu schlecht und darf nicht ohne Helm herumlaufen, das habe ich Ihnen doch gesagt! Darüber haben wir doch gesprochen! Und jetzt ist sie hingefallen und ihre Brille ist kaputt, weil Sie nicht aufgepasst haben!«

»Das war nicht Onkel Jørgens Schuld«, flüsterte ich.

Ich tastete nach seiner Hand. Ich wusste, dass er direkt neben mir stand, aber nachdem meine Brille zu Bruch gegangen war, konnte ich ihn nicht mehr sehen. Zum Glück sah er mich. Er drückte meine Hand.

»Ich konnte sie nicht mehr rechtzeitig aufhalten«, sagte Jøgge. »Als ich dazukam, hatte eines der Mädchen Anne Bea schon die Brille abgenommen und sie zertreten.«

Ich hörte meine Mutter seufzen.

»Das ist schon das dritte Brillenpaar in diesem Jahr und der Optiker kann sie erst am Samstag reparieren«, sagte sie. »Na ja, dann musst du morgen wohl deinen Vater zur Arbeit begleiten, Anne Bea. Wenn du nichts siehst, kannst du ja schlecht in den Kindergarten gehen.«

Eigentlich hatten Jøgge und ich ausgemacht, dass wir am nächsten Tag Verstecken spielen würden, aber ich war nicht allzu enttäuscht darüber, dass wir das verschieben mussten. Denn ich tat nichts lieber, als meinen Vater zur Arbeit zu begleiten – er ist nämlich Tierarzt.

Eigentlich hatte er Bauer werden und den Hof seiner Eltern übernehmen sollen, aber dann hatte er Mama kennengelernt und da war dieser Plan in die Binsen gegangen. Denn meine Mutter wollte nicht auf dem Hof von Oma und Opa leben, sondern dort, wo sie herkam. Das ist da, wo wir jetzt wohnen. Man könnte also sagen, dass sie gewonnen hatte.

Ich begleite meinen Vater nicht mehr so oft zur Arbeit, nur wenn in der Schule Konferenzen sind oder ab und zu in den Sommerferien. Aber wenn ich mit ihm fahre, mache ich immer einen Ausflug daraus. Ich nehme mir Proviant mit und fülle die Thermoskanne mit Kakao, ziehe mir Stiefel an und rüste mich für die Fahrt auf Papas Beifahrersitz.

Er ist nämlich Tierarzt für Großtiere wie Kühe, Pferde und Ochsen und so, und da fährt er zu ihnen und nicht umgekehrt. Es wäre auch ein bisschen mühsam, eine große Kuh in sein kleines Büro zu quetschen. Auf dem Operationstisch hätte sie auch keinen Platz.

Eigentlich finde ich Großtiere gar nicht mal so toll. Noch nicht einmal Pferde, wenn ich ganz ehrlich bin. Nein, toll daran ist nur, dass die Besitzer von Großtieren fast immer auch Kleintiere haben, zumindest eine Katze. Und meistens einen Hund. Und manchmal auch beides. Und vielleicht sogar noch ein paar Kaninchen und Zwerghamster.

Und ich liebe Kleintiere!

Wenn mein Vater also mit dem Bauern in den Stall geht, springe ich aus dem Auto und suche nach kleinen Tieren. Dass ich schlecht sehe, macht dabei gar nichts, weil ein gutes Gehör das Wichtigste ist, das habe ich gelernt, nachdem ich meinen Vater mehrmals begleitet hatte. Auf Bauernhöfen verstecken sich kleine Tiere nämlich an den seltsamsten Orten.

Einmal bin ich einem Piepsgeräusch in eine Garage gefolgt und fand einen ganzen Wurf Katzen auf der Motorhaube eines alten Traktors. Ein anderes Mal stieß ich hinter einem Ofen auf drei Labradorwelpen. Da war ich mit meinem Vater bei einer alten Dame zu Besuch, und als ich mit ihr hineinging, weil sie mir ein Glas Saft anbot, hörte ich hinter dem Ofen in der Küche leise Laute. Und dahinter lagen sie – in einem Holzkorb!

Aber sie hatten es gut, in dem Korb lag eine Decke

und die Hundemutter passte auf sie auf. Sie seien drei Wochen alt, sagte die Dame, bald würde sie die Tiere weggeben müssen. Natürlich habe ich meinen Vater gefragt, ob ich nicht einen Welpen haben könnte, aber ich wusste, dass er Nein sagen würde, er sagt nämlich immer Nein. Das liegt daran, dass Mama eine Hundeallergie hat.

Das gab auch den Ausschlag, weshalb sie nicht auf dem Hof von Papas Eltern wohnen wollte. Opa hat nämlich Hühnerhunde, mit denen er auf die Jagd geht und Spaziergänge macht. Mack und Muck heißen die beiden, die er jetzt hat, nach den Neffen von Micky Maus. So hießen übrigens auch schon ihre Vorgänger. Und die davor.

Dass es den Tieren egal ist, dass ich ein Albino bin, ist einer der Gründe dafür, dass ich sie so gerne mag. Sie kümmert es nicht, dass mein Blick unstet ist und ich weiße Haare habe. Für sie bin ich einfach nur Anne Bea. Die sie anhand ihrer Laute auseinanderhalten und sie mit beiden Händen zugleich streicheln kann.

Mein Vater sagt, dass meine Pupillen im Beisein von Tieren weniger umherirren. Das stimmt, glaube ich. Wenn ich ein Katzenjunges im Arm halte oder die Wange an den Kopf eines Cockerspanielwelpen schmiege, beruhigt mich das total. Fast so, als wäre ich mich in meiner Normalo-Welt. Irgendwie vergesse ich dann alles, was blöd ist.

Ähnlich ergeht es mir beim Singen.

Und davon wollte ich ja eigentlich erzählen!

Von dem Tag im Kindergarten, als Thea meine Brille zertrat. Denn natürlich steckte sie dahinter, auch wenn Jørgen meiner Mutter das nicht erzählte. Thea war eben schon damals eine Superzicke.

Aber na gut, zurück zur Sache – nachdem meine Mutter gesagt hatte, dass ich mit Papa zur Arbeit fahren sollte, meinte sie, es sei Zeit, aufzubrechen.

Aber ich ließ Jørgens Hand nicht los.

»Ich glaube, dass Anne Bea noch etwas auf dem Herzen hat. Ist es nicht so, Anne Bea?«, sagte Jørgen.

Ich nickte.

»Ich habe etwas entdeckt«, sagte ich.

»Ach ja? Erzähl«, forderte Mama mich auf.

Ich ließ Jøgges Hand los und machte ein paar Schritte in die Richtung, aus der Mamas Stimme gekommen war. Gleich darauf spürte ich, wie sich ihre Hand um meine schloss.

Ich atmete tief ein. Dann öffnete ich weit den Mund.

Ich hatte an dem Tag nämlich entdeckt, dass ich singen konnte!

Gesungen hatte ich natürlich schon früher, aber

meistens nur ganz leise oder in Gedanken. Aber als wir an diesem Tag im Stuhlkreis ein Lied singen sollten, geschah etwas Seltsames – aus meinem Bauch stieg plötzlich ganz viel Luft auf, die sich einen Weg durch meine Kehle bahnte und als ein *La-la-la-la-la-la-laaaaaa* aus meinem Mund kam!

Ich vergaß völlig, dass die anderen Mädchen mich gerade erst aus dem Puppenzimmer ausgesperrt hatten. Wichtig war nur noch, weiter das Gefühl zu spüren, das in mir aufkeimte, als ich die Luft aus meinem Mund strömen ließ. Darauf war ich so konzentriert, dass ich nicht einmal merkte, dass die anderen zu singen aufgehört hatten.

»Wow, Anne Bea!«

Jørgens Stimme katapultierte mich jäh wieder zurück in die Gegenwart.

»Wow, Anne Bea, wie du singen kannst! An dir ist ja eine Opernsängerin verloren gegangen!«, rief er aus. »Und diese Stimme hast du bisher geheim gehalten?«

Das hatte ich eigentlich nicht, sie war einfach da, als wir so dastanden. Aber ich kam nicht mehr dazu, das zu sagen, denn plötzlich bekam ich einen Ellenbogen in den Rücken gestoßen und wurde zur Seite gedrängt.

»Ich kann auch singen und ich habe das nicht verheimlicht!«, sagte jemand.

Ihr wisst bestimmt, wer.

»Du hast auch eine schöne Stimme, Thea«, beschwichtigte Jørgen sie.

Aber ich hörte ihm an, dass er das nicht ernst meinte, er klang wie Tante Mona, wenn sie sagte, Papa sei ein Witzbold. Niemand, der Thea jemals singen gehört hat, findet ihre Stimme schön. Und niemand außer Mama findet Papas Witze komisch. Aber es ist besser, das Gegenteil zu behaupten.

Thea aber ließ sich nichts vormachen. Als Jøgge sich zum Klavier drehte, riss sie mir die Brille herunter, warf sie zu Boden und trampelte darauf herum. Mehrmals. Ich konnte Hanna-Merete und Johanne neben mir erschrocken nach Luft schnappen hören, aber wohl vor allem deshalb, weil sie fürchteten, dass Thea auch auf sie losgehen könnte. Sie hatten nämlich genickt und gelächelt, als Jøgge »Wow, Anne Bea!« gesagt hatte.

Mama fand ebenfals, dass ich eine schöne Stimme hatte, auch wenn das im ersten Moment nicht so rüberkam. Als ich ihr das Lied aus dem Stuhlkreis vorgesungen hatte, klang ihre Stimme nämlich erst ziemlich eigenartig.

»Wir müssen Oma anrufen«, schluchzte sie. »Wenn sie das hört, sie wird ganz aus dem Häuschen sein!«

Die Eltern meiner Mutter leben in Spanien. Sie tun nicht viel anderes, als sich zu sonnen und auf der Terrasse Schach zu spielen. Aber sie baden auch und gehen deshalb nicht immer ans Telefon, wenn wir anrufen. Aber an diesem Tag meldete Oma sich fast sofort.

Und Mama behielt recht. Kaum hatte ich fertig gesungen, schrie sie nur: »Jooooooooon!«

Jon ist mein Opa.

Gleich darauf hörte ich jemanden im Hintergrund rufen: »Was ist passiert?! Um Himmels willen, was ist passiert?!?« Du kannst dir sicher denken, woher meine Mutter ihren Hang zur Besorgnis hat.

»Anne Bea kann singen, als wäre ein Engel in der Leitung!«, sagte Oma.

Dann hörte ich Opas Stimme.

»Hallo, Anne Bea. Oma sagt, dass du singen kannst. Darf ich das auch mal hören?«

Und so sang ich das ganze Lied noch einmal.

»Ist es nicht fast so, als würdest du mich singen hören, Jon?«, hörte ich Oma irgendwo hinter ihm sagen.

Dann war sie wieder am Telefon.

»Jetzt will ich dir mal etwas erzählen, Anne Bea. Als ich jung war, sagten mir viele, dass ich von Beruf Sängerin werden sollte. Meine Eltern meinten aber, dass es zu riskant sei, auf so einen ungewissen Beruf zu setzen, und so wurde ich Krankenschwester, heiratete deinen Opa und bekam deine Mutter und Mona. Ich muss zugeben, dass ich ein bisschen enttäuscht war, als sich herausstellte, dass keine von beiden meine Stimme geerbt hatte. Aber jetzt weiß ich, warum – *du* solltest sie erben! Nein, wie ich mich freue! Diesen Tag werde ich niemals vergessen!«

Und das hat sie wirklich nicht. Diese Geschichte ist sogar eine ihrer Lieblingsgeschichten. Sie heißt *Der Tag, an dem Anne Bea ihre Stimme entdeckte*, und sie erzählt sie jedes Mal, wenn Opa und sie uns besuchen kommen. Ich muss gestehen, dass ich sie gar nicht oft genug hören kann.

Was ich aber eigentlich damit sagen will: dass ich wirklich eine tolle Stimme habe. Im Ernst. Das behaupten also nicht nur Mama, Nils oder ich. Und ich habe diese Stimme nicht nur, wenn ich in meiner Normalo-Welt mit meiner Band probe. Trotzdem dachte ich an jenem Sonntag, als wir unsere erste Probe hatten, nicht einfach: Cool, dann sing ich halt. Ich hatte da nämlich seit vier Jahren nicht mehr gesungen. Nicht mehr seit dem Weihnachtskonzert des Kinderchors in der dritten Klasse.

Als ich eingeschult wurde, gab es nur eine Sache, auf die ich mich noch mehr freute als auf die Hausaufgaben – im Kinderchor mitzusingen. Und anfangs hat es auch richtig Spaß gemacht. Unser Dirigent sagte, ich hätte großes Talent, und ich durfte vorne stehen und mehrmals ein Solo singen.

Aber als wir in die dritte Klasse kamen, sagten Thea und Ronja, dass ich aufhören sollte.

Eigentlich wollte ich das nicht, aber sie brachten andere Mädchen aus dem Chor auf ihre Seite, und wann immer ich den Mund aufmachte, hörte ich sie hinter mir tuscheln und kichern. Unser Dirigent ermahnte sie wieder und wieder, aber das half nichts. Das Tuscheln und Kichern war überall. Zuletzt fürchtete ich mich so vor den Chorproben, dass ich wieder anfing, nachts ins Bett zu nässen.

Das Weihnachtskonzert endete dann in einer Katastrophe.

Direkt vor meinem Solo in *Schönster Herr Jesu* fingen Thea und Ronja an, wie verrückt zu kichern und zu flüstern. Ich wurde so nervös, dass mir der Atem stockte. Er saß unten im Bauch fest, sodass ich kaum Luft bekam. Als ich den Mund zum Singen öffnete, kam nichts als *Pffffft! Krääääächz! Hust! Räusper! Hust!* PFFFFT! heraus.

Was meine Eltern oder Tante Mona auch sagten – oder Oma und Opa, die extra einen Tag früher aus Spanien zurückgekommen waren, um mich im Weihnachtskonzert singen zu hören – Thea und Ronja hatten erreicht, was sie wollten.

Gleich nach dem Weihnachtskonzert gab ich den Kinderchor auf.

Als ich also bei Tante Mona nach dem Mikro griff, merkte ich, wie nervös ich war. Schließlich hatte sie mich viele Jahre nicht mehr singen gehört.

Doch obwohl sie nichts sagte, nachdem ich mich eingesungen hatte, bin ich mir sicher, dass sie nicht enttäuscht war. Denn sie lief danach zu mir und nahm mich in die Arme und als sie mich wieder aus ihrer Umarmung entließ, saß mein Pony ganz schief, so fest hatte sie mich an sich gedrückt.

14 Arnulf

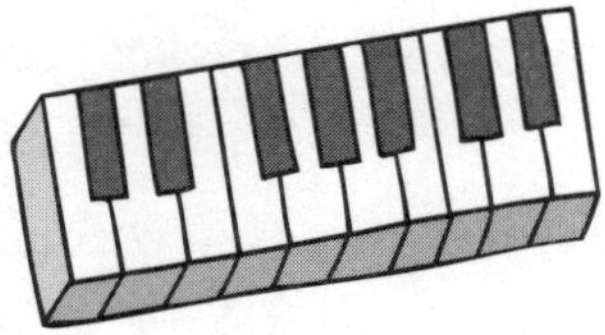

»Ob ich WAS spielen kann?!«

Brittany lehnte sich gegen das Treppengeländer.

»Tamburin spielen«, sagte ich.

»So ein rundes Ding aus Holz mit kleinen Glöckchen dran. Die man schütteln kann«, erklärte Nils.

Er machte eine Bewegung mit der rechten Hand, um zu zeigen, wie man es hielt, aber es sah eher so aus, als würde er winken. Und im nächsten Moment sah ich Frau Haakonsen einen Arm hochreißen und uns begeistert zuwinken. Sie ging gerade mit ihrem abscheulichen Kater an der Leine auf der Straße vorbei. Dieser Kater war das einzige Tier, das keine beruhigende Wirkung auf mich hatte. Er war so aggressiv, dass Nils und ich kaum wagten, vor die Tür zu gehen, wenn Frau Haakonsen ihn ausführte.

»Ist das dasselbe wie Kastagnetten?«, fragte Brittany.

»Nein, *die* heißen schließlich Kastagnetten«, seufzte ich.

»Du hast das Instrument bestimmt schon mal im Musikunterricht ausprobiert«, sagte Nils.

»Oh yeah, jetzt weiß ich, was ihr meint«, sagte Brittany. »Ein Xylofon!«

Ich seufzte noch einmal. Manchmal konnte Brittany echt schwer von Begriff sein!

»Anyway, weshalb wollt ihr das überhaupt wissen?«, fragte sie.

Nils und ich wechselten einen Blick.

Eigentlich hatte Tante Mona das wissen wollen. Gestern, als Nils und ich mehrere Stunden bei ihr geprobt hatten, hatte sie uns nämlich gesagt, dass wir noch einen Tamburinspieler bräuchten.

»Wir brauchen einen Taktgeber, und da haben wir gleich an dich gedacht«, sagte Nils zu Brittany.

Das stimmte nicht ganz. Wir hatten ziemlich viele Kandidaten durchgehechelt, bevor wir auf Brittany gekommen waren. Zuerst hatte Tante Mona vorgeschlagen, dass wir jemanden aus unserer Klasse fragen sollten.

»Was ist mit dem Mädchen mit der Pilzkopffrisur? Oder dem, das plötzlich mit Knutschgeschichten angibt?«, fragte sie.

»Die können nicht«, sagte ich. »Mari macht schon bei *Fuck Justin* und Thea mit und Hanna-Merete hat sich den Arm verstaucht.«

»Und dieser Steintyp aus eurer Parallelklasse?«

Ich rümpfte die Nase.

Franz ist keine Drum-Maschine, um es mal so zu sagen. Beim Schulfest vor den Sommerferien hat er mich zum Tanzen aufgefordert, und ich hab nicht abgelehnt, obwohl ich wusste, dass er das nur getan hatte, weil alle anderen ihm vorher einen Korb gegeben hatten. So viele fordern mich schließlich nicht auf.

Das waren die längsten vier Minuten meines Lebens, sag ich euch! Er trat mir ständig auf die Füße und war immer einen Tick zu spät, und dann wollte er mir auch noch weismachen, dass ich den Rhythmus besser halten müsste. Als wäre *ich* es gewesen, die aus dem Takt gekommen war!

»Nicht Franz«, sagte ich.

»Aber ZP-Celine können wir ja auch nicht fragen«, wandte Nils ein. »Wenn sie ein Tamburin in die Finger bekäme, würde der Rhythmus total ausarten.«

»Wie ist es denn mit deiner neuen Nachbarin, Nils?«, sagte Tante Mona. »Die so tut, als würde sie dich in der Schule nicht bemerken, aber abends immer bei dir klingelt.«

Es gibt übrigens noch einen weiteren Grund dafür, weshalb Tante Mona meine Lieblingstante ist – sie weiß immer ganz genau, mit wem Nils und ich gerade etwas machen.

»Ich glaube nicht, dass Brittany uns für cool genug hält«, wandte Nils ein.

»Außerdem hat sie nur Jungs im Kopf«, fügte ich hinzu.

Tante Mona fuhr sich durch ihre Vogelnesthaare und zuckte zusammen, als sie an den Zweig stieß. Nils und ich taten so, als hätten wir es nicht bemerkt.

»Fragt sie trotzdem«, sagte Tante Mona, räusperte sich und legte den Zweig auf den Tisch. »Bessere Kandidaten haben wir nun mal nicht.«

Also hatten wir am nächsten Tag bei Brittany geklingelt und sie gefragt, ob sie Tamburin spielen könne. Und als Nils gesagt hatte, dass wir sofort an sie gedacht hätten, strahlte sie übers ganze Gesicht.

»Und ob ich den Rhythmus halten kann! In den USA war ich Kreismeisterin im Discotanz, didn't you know? Kennt ihr jemanden, der eine Tänzerin sucht, fragt ihr deshalb?«

»Nicht direkt«, seufzte ich.

Nils sah mich an.

Ich nickte.

Es war an der Zeit, ihr den Rest zu erzählen.

»Wir suchen jemanden, der in unserer Band Tamburin spielen kann«, sagte Nils. »Annebi… Anne Bea und ich wollen dieses Jahr nämlich am Talentwettbewerb teilnehmen.«

»Nils wird Keyboard spielen und ich singe«, ergänzte ich.

Brittany starrte uns an.

»Und *ich* soll Tamtam spielen?! Mit *euch*?! Im *Talentwettbewerb*?!«, rief sie aus.

»Tamburin«, korrigierte ich.

»Tamburin-Tamburang«, sagte Brittany und verdrehte die Augen. »Kommt gar nicht in die Tüte, ich stelle mich doch nicht mit zwei Freaks wie euch auf eine Bühne!«

Ich merkte, dass mich allmählich die Verzweiflung packte. Brittany war nun mal so, wie sie war. Aber wir mussten unbedingt einen Tamburinspieler finden, und unsere einzige Hoffnung war drauf und dran, uns die Tür vor der Nase zuzuschlagen.

»Ach, nur mal so nebenbei …«, warf ich ein. »Es heißt, dass Felix scharf auf dich ist.«

Brittany ließ die Türklinke wieder los.

»Er erzählt allen, wie schön du bist«, fuhr ich fort. »Er hat sogar gesagt, du wärst schöner als Thea.«

»Oh yeah?«, sagte Brittany und lächelte.

»Ja« sagte ich mit Nachdruck. »Und weißt du, was sein Lieblingsinstrument ist?«

»Gitarre?«

»Tja, das hätte man vielleicht annehmen können«, hüstelte ich, »aber nein, tatsächlich ist es ... Tamburin.«

»Really?!«

Brittany keuchte geschockt.

Wie gesagt, sie ist manchmal etwas schwer von Begriff.

»Ja, er steht total auf Mädchen, die Tamburin spielen.«

Ich spürte Nils Blick auf mir, ging aber davon aus, dass er ahnte, was ich da trieb.

Das tat er.

»Stell dir vor, wie Felix reagieren wird, wenn Brittany mit beim Talentwettbewerb antritt«, sagte Nils. »Er wird begeistert sein, *wow, da sieh sich mal einer diese Traumfrau am Tamburin an!*«

»Ja, und ob, er wird auf der Stelle mit Thea Schluss machen und Brittany anflehen, mit ihm zu gehen!«

Wir merkten, dass wir Brittany einigen Stoff zum Nachdenken gegeben hatten. Ihre Augen flogen wie zwei Ping-Pong-Bälle hin und her.

Wenn sie bloß Ja sagte! Nachdem Tante Mona das Tamburin ausgegraben hatte, das Mecki-Rune für sie gestohlen hatte, als sie vierzehn gewesen war, und uns bei ein paar Strophen damit begleitet hatte, gab's keinen Weg mehr zurück. Wir *brauchten* einfach ein Tamburin, Brittany *musste* Ja sag–

ZONG!!

Wir schreckten zusammen.

»Shit, das ist Arnulf«, sagte Nils und packte meinen Arm. »Beweg dich nicht.«

Ich erstarrte.

»Wo ist er?«, flüsterte ich.

»Auf der Veranda. Er muss abgehauen sein.«

»Aber sie hatte ihn doch an der Leine!«

»Als ob das etwas nützt, wenn Arnulf erst mal Blut wittert. Da hilft nur, sich nicht zu rühren, bis sieben zu zählen und ihn ja nicht anzusehen. Dann denkt er, wir wären tot und sucht sich ein anderes Opfer.«

Eins.

Zwei.

Ich konnte den aggressiven Kater von Frau Haakonsen immer noch nicht sehen, aber ich konnte ihn hören. Er stand nur einen Steinwurf von uns entfernt auf der Veranda und fauchte wie verrückt.

Fünf.

Se…

»Okay, ich bin dabei!«

Nils und ich zuckten zusammen.

Wir hatten uns so auf Arnulf konzentriert, dass wir Brittany völlig vergessen hatten.

»Ich werde euch helfen, den Rhythmus zu halten. Aber Felix muss mit mir flirten, nachdem er mich auf der Bühne gesehen hat. Wenn ich herausfinde, dass ihr mich angelogen habt, steckt ihr in Schwierigkeiten!«

Ich hörte Nils neben mir schlucken.

Aber das konnte auch an Arnulf liegen. Er hatte uns nämlich durchschaut.

Während Brittany quasselte, hatte er sich lautlos von der Veranda auf das Dach der Hundehütte neben der Treppe geschlichen. Jetzt konnte ich ihn auch sehen. Seine hellblaue Leine war an der Halskette abgerissen. Ein Satz nur und er würde seine Krallen in einen von uns schlagen.

»Vielleicht bringt's ja was, wenn wir noch mal versuchen, uns nicht zu rühren«, flüsterte Nils. »Es wäre einen Versuch wert.«

Eins.

Zw–

»Na so was! Macht die kleine Miezekatze etwa einen Spaziergang?«

Nils und ich zuckten zum zweiten Mal zusammen.

Und als wir hochsahen, erst recht.

Denn da, direkt vor uns, stand Brittany mit Arnulf auf dem Arm. Und er hatte nicht nur aufgehört zu fauchen, er schmiegte sich wie ein Katzenjunges an sie!

»Das ist Arnulf, Brittany!«, rief Nils.

»Who?«

»Die *Miezekatze*, die du da streichelst, ist die schlimmste Mordmaschine im ganzen Umkreis«, klärte er sie auf. »Letztes Jahr hat er mindestens die Hälfte aller Spatzen in unserem Vogelhäuschen verspeist, und im Sommer hat er sich auf das Kaninchen von Maja aus der 2B gestürzt. Es dauerte mehrere Tage, bevor man seinen Kopf fand – in Frau Haakonsens Blumenbeet!«

»Aber Miezmiez, so etwas würdest du doch nie tun, oder?«, gurrte Brittany. »Nein, du doch nicht.«

Sie legte ihre Wange an Arnulfs struppiges schwarzes Fell.

Nils fuhr zurück, ihm stand der Mund offen.

»Und was jetzt? Sollen wir proben, or what?«, sagte Brittany. »Und so ein Tamtam habe ich nicht, das müsst ich mir leihen.«

»Tamburin«, verbesserte ich sie erneut.

»Whatever.«

»Du kannst Tante Monas leihen«, sagte ich. »Die nächsten Proben sind morgen Abend um sechs bei mir.«

»Haben wir einen Bandnamen? Es ist superwichtig, einen guten Namen zu haben«, sagte sie.

Jetzt hieß es also auf einmal *wir*.

»Nein, noch nicht, aber w…«, setzte ich an.

»Gut, denn ich hätte da ein paar Vorschläge. Morgen mehr dazu. See you later, Blödies!«

Dann setzte sie Arnulf direkt vor unseren Füßen ab und machte die Tür zu.

»Shit, wir müssen's einfach noch mal probieren«, wisperte Nils.

Eins.

Zwei.

Ich spürte eine harte Schnauze an meinem Hosenbein und stellte mich so tot, wie ich konnte.

Vier.

Nicht mehr lange und Arnulf würde den Wink verstehen und weiterschleichen.

Sechs.

Sie–

»Aber da bist du ja, Arnulf!«

Wieder schreckte ich zusammen.

Von der Treppe kam ein fauchender Laut. Doch noch spürte ich Arnulfs Krallen nicht in meinem Bein. Und die Stimme kam mir bekannt vor.

Ich wandte den Kopf zur Straße und kniff die Augen so fest wie möglich zusammen, um etwas zu sehen.

Und tatsächlich – da stand Frau Haakonsen und winkte uns zu. Mit beiden Händen, von einer baumelte ihre Handtasche. Es sah fast so aus, als würde sie Tamburin spielen.

»Er ist mir an der Ecke ausgerissen!«, rief sie. »Hat sich von Mami losgerissen, der kleine Racker. Arnulf! Du kommst jetzt sofort her, sonst gibt's heute Abend kein Fressifressi!«

Ich sah auf die Treppe herunter.

Da saß Arnulf, die Ohren angelegt, einen Buckel machend, bereit zum Angriff. Aber er schien Nils und mich völlig vergessen zu haben, denn sein mörderischer Blick war nicht mehr auf uns, sondern auf Frau Haakonsen gerichtet, die die Katzenleine jetzt wie ein Lasso über ihrem Kopf schwang.

»Ich glaube, wir sind gerettet, Nils«, sagte ich leise.

Nils blinzelte.

Aber wir sahen den Kater nicht mehr die Krallen ausfahren, denn eine Sekunde später war Arnulf weg.

Die Spitze seines langen schwarzen Schwanzes war das Letzte, was ich von ihm sah, bevor er unter Brittanys Veranda verschwand.

15 Die Geige

Erst, als ich am nächsten Morgen zu Hause losradelte, wurde es mir so richtig bewusst.

Ich würde auf einer Bühne stehen und singen.

In der Schulsporthalle.

Vor allen Schülern, Lehrern und Eltern der fünften bis siebten Klassen.

In etwas über einer Woche.

Ich!

Plötzlich wurde mir so schlecht, dass ich bei Larri's Tankstellen-Kiosk vom Fahrrad springen und den restlichen Weg zur Schule schieben musste. Ich behielt sogar den Fahrradhelm auf, falls ich in Ohnmacht fallen und auf die Straße knallen würde.

Was hatte ich mir nur dabei gedacht?

Warum hatte ich mich von Tante Mona nur zu so etwas überreden lassen?!

Thea, Ronja und Shirin würden mich in der Luft

zerreißen. *Du Loser!!*, würden sie schreien, wenn ich die Bühne betrat. *Für wen hältst du dich, du hässliches Bleichgesicht!!* Und dann würden sie so lange kichern und tuscheln, bis ich wie gelähmt mit stockendem Atem stehen bleiben würde. Und am nächsten Tag würde es mir in der Schule um die Ohren fliegen und am übernächsten auch und die ganze nächste Woche und die Woche danach und die überübernächste – dass sie noch nie jemanden so grottenschlecht singen gehört hätten wie mich!

Als ich mein Fahrrad auf dem Schulhof abgestellt hatte und auf Nils wartete, war ich mir ganz sicher, ein neues Weihnachtskonzertfiasko wollte ich nicht riskieren – auch wenn Tante Mona und Nils von mir enttäuscht sein würden.

Ich musste die Mission Taco abblasen.

»Hallo.«

Ich sah auf. Ein grauer Fleck kam auf mich zu, auf der einen Seite ragte etwas Dunkles, Längliches aus ihm heraus.

Mein Blick irrte umher, noch mehr als sonst. Ich wurde nämlich immer nervös, wenn jemand mich begrüßte, der mehr als fünf Meter von mir entfernt war. Da ich andere erst sehe, wenn sie ganz dicht vor mir stehen, weiß ich nie, ob ihr Hallo mir oder jemand anderem gilt. Meistens waren andere damit gemeint, so viele sagten in der Schule nun mal nicht Hallo zu mir. Aber in dem Moment konnte ich niemand anderen in meiner Nähe hören, weshalb ich vermutete, ich könnte gemeint sein.

Das Problem war nur, dass ich nicht wusste, wer mich da ansprach.

Ich kann die Stimmen meiner Klassenkameraden und Lehrer und von Herrn Poppe aus der Schulbibliothek wiedererkennen. Und natürlich die von Magnus. Und von noch ein paar anderen, wie von Felix und Brittany und Nils Mutter. Ich glaube, Jøgges Stimme hätte ich auch noch erkannt, obwohl ich sie seit Ewigkeiten nicht mehr gehört habe.

Aber dann wird es schwierig. Besonders wenn die, die mich ansprechen, kein deutliches Unterscheidungsmerkmal haben. Sie keine Kleidung in besonderen Farben oder Mustern tragen oder eine Katze an der Leine ausführen, wie Frau Haakonsen.

Ich bemühte mich nach Kräften, denjenigen genauer zu erkennen, konnte den grauen Fleck aber immer noch nicht identifizieren. Ich wusste noch nicht mal, ob es ein Junge oder ein Mädchen war.

Mein Herz machte Paukenschläge, als ich mich entschloss, es zu wagen.

»Hallo?«, flüsterte ich.

»Darf ich dich etwas fragen?«, sagte der Fleck.

Es war ein Mädchen, das hörte ich jetzt. Und sie war nicht besonders groß, das konnte ich sehen. Aber das musste nicht heißen, dass sie in die Siebte ging. In den anderen Klassen gibt es mehrere Mädchen, die kleiner sind als ich. Andererseits hätten sie nie Hallo zu mir gesagt. Für die bin ich nur der Albino.

Ich wagte es erneut.

Ich sagte: »Ja.«

Und Gott sei Dank tat ich das! Vielleicht gab es ja außer Nils noch ein paar andere an der Schule, die mich nicht für entsetzlich langweilig hielten.

Und tatsächlich war es eine von ihnen.

»Ich weiß nicht, ob du es schon gehört hast, aber ich werde in diesem Jahr auch wieder am Talentwettbewerb teilnehmen«, sagte das Mädchen.

Irgendetwas an ihrer Stimme kam mir bekannt vor, trotzdem konnte ich sie nicht unterbringen. Und obwohl sie näher gekommen war, war ihre Kleidung immer noch völlig farblos – grau, braun und beige. Nichts, was irgendwie herausstach. Aber das hieß zumindest, dass sie nicht zu den Mädchen aus der Topliga der Siebten gehörte, denn die trugen nur Weiß und Rosa.

»Wirst du das? Ist ja toll«, sagte ich.

Was sollte ich auch sonst sagen?

»Die Sache ist nur die, dass ich eigentlich gar keine Lust dazu habe«, sagte die andere. »Ich muss es aber tun, sonst ist meine Mutter schwer enttäuscht von mir. Ich muss die Geige mit in die Schule schleppen und in jeder großen Pause für den Talentwettbewerb üben. Sie ist immer noch sauer auf mich, dass ich letztes Jahr verloren habe.«

Und da wusste ich endlich, wer dieser Fleck war!

Es war Johanne aus meiner Parallelklasse, mit der ich in den Kindergarten gegangen war! Sie spielte seit ihrem fünften Lebensjahr Geige und wurde in der fünften Klasse Zweite beim Talentwettbewerb und im letzten Jahr Dritte nach den beiden Breakdancern und Nadif. Der dunkle, längliche Fleck, der von ihr abstand, war ein Geigenkasten!

»Ich habe versucht, meiner Mutter beizubringen, dass ich am liebsten mit jemand anders zusammen teilnehmen würde, wenn ich schon unbedingt wieder mitmachen muss«, sagte Johanne. »Aber sie sagt, dass ich zu gut sei, um mit drittklassigen Amateuren zu musizieren.«

Ich war viel zu überrascht, um irgendetwas zu sagen.

Johanne hatte mich in der Schule noch nie angesprochen.

»Aber dann hab ich gehört, dass alle Mädchen aus der 7A mit *Fuck Justin* und Thea beim Talentwettbewerb antreten. Na ja, alle, bis auf dich«, sprach sie weiter. »Und bis auf Hanna-Merete, aber sie hat sich ja den Arm verstaucht. Und da kam mir die Idee, dass ich dich ja mal fragen könnte, ob du stattdessen mit *mir* zusammen daran teilnehmen würdest.«

Mir blieb die Luft weg.

»Dich würde meine Mutter vielleicht akzeptieren. Du hattest schließlich die beste Stimme im Kinderchor.«

Die Welt hörte auf, sich zu drehen.

»Du kannst auch Nein sagen, aber ich wollte dich zumindest fragen«, fügte sie hinzu.

»Ja, aber, w-w-willst du das denn wirklich?«, stotterte ich. »Was ist m-m-mit … Thea?«

Ich weiß nicht, warum ich das fragte, aber ich war so geschockt, dass ich nicht klar denken konnte.

»Thea?! Wohl kaum!«, sagte Johanne.

Mir fiel die Kinnlade herunter.

»Erinnerst du dich denn nicht mehr an ihr Solo damals im Kinderchor?«, sagte sie. »Das war ja wohl der Todesstoß für das Lied!«

Plötzlich stieg er in mir hoch.

Ein gewaltiger Kicheranfall.

»Ja, das war furchtbar!«

»Und jetzt will sie echt einen Song von Rihanna beim Wettbewerb singen? Ja klar, und ob sie das hinkriegt!«

Ich musste noch mehr kichern. Ich kicherte so sehr, dass meine Augen bestimmt entsetzlich flackerten und ich einen ganz roten Kopf bekam. Aber das machte nichts. Nichts machte noch etwas.

»Ich weiß nicht, ob du dich noch daran erinnerst, aber sie hat den Puppen im Kindergarten immer etwas vorgesungen«, sagte Johanne. »Stellte sich vor sie und tat so, als seien sie ihr Publikum. Hanna-Merete und ich hielten es nicht aus, uns das anzuhören.«

Ich hörte auf zu kichern.

Und dabei hatte ich immer gedacht, dass Thea, Hanna-Merete und Johanne im Kindergarten die dicksten Freundinnen gewesen waren. Dass das Puppenzimmer deshalb immer geschlossen war – damit ich nicht hineinkommen konnte. Stattdessen hatte Thea alleine dadrinnen gesessen und den Puppen etwas vorgesungen!

»Aber mal im Ernst, es wäre toll, wenn du Ja sagen würdest«, kam Johanne wieder auf ihre Frage zurück.

»Ich will einfach in diesem Jahr nicht wieder allein auf der Bühne stehen. Ich weiß ja, dass du nicht cool bist oder so, aber trotzdem – lieber mit dir als alleine.«

Andere hätte so ein Kommentar vielleicht traurig gemacht.

Aber nicht mich.

Mein Herz schlug fast genauso viele Purzelbäume wie an dem Tag, als Magnus mit mir geredet hatte. Es war das erste Mal, dass mich jemand anderes als Nils gebeten hatte, bei irgendetwas mitzumachen. Und es auch so gemeint hatte. Einladungen zum Geburtstag von Leuten, die einen eigentlich nicht dabeihaben wollten, zählten nicht.

»Ja, ich bin dabei«, sagte ich.

»Klasse, wir können ja nachher weiter darüber sprechen«, sagte Johanne. »Oder wir fahren zusammen nach der Schule nach Hause? Du wohnst doch immer noch unter Felix, oder?«

Ich nickte.

»Klasse«, sagte sie.

Dann ging sie.

Und erneut stand die Welt still. Ich konnte nur noch

…

…

…

»Träumst du von Magnus, oder was?«

Mein Herz machte einen Satz, ich riss die Augen auf. Ich hatte das Leben wie in einer Hängematte so entspannt gesehen, dass ich noch nicht einmal bemerkt hatte, wie Nils sein Fahrrad abstellte.

»Weißt du, mit wem ich gerade geredet habe?«, sagte ich. »Mit Johanne aus der 7B! Sie ist zu mir gekommen, hat Hallo gesagt und genau da gestanden, wo du jetzt stehst!«

Nils wich zurück und entfernte sich einen halben Meter von mir.

»Sie ist in diesem Jahr auch wieder beim Talentwettbewerb dabei«, erklärte ich.

»Ja, und?«

»Äh … nichts. Oder, doch … Sie hat mich gefragt, ob … Sie hat mich gefragt, ob ich mit ihr singe!«

Ich konnte mein Strahlen nicht unterdrücken.

Nils aber strahlte kein bisschen.

»Und wie hat sie reagiert, als du Nein gesagt hast?«

»Nein?«, wiederholte ich. »Was meinst du damit? Ich habe Ja gesagt! Meinst du, ich hätte Nein sagen sollen? Warum? Findest du, ich bin eine schlechte Sängerin? Willst du das damit sagen? Na? Na?!«

»JA, HAST DU DENN VÖLLIG DEN VERSTAND VERLOREN, ANNEBINO!«

Und da fiel es mir natürlich wieder ein.

Nachdem Trachten-Torfinn im vorletzten Jahr fünfmal mit fünf verschiedenen Instrumenten, die er beherrschte, am Talentwettbewerb teilgenommen hatte, beschloss die Schule, dass man pro Wettbewerb nur noch einmal auf der Bühne stehen durfte. Ich konnte also gar nicht mit Johanne auftreten, das war gegen die Regeln. Nils und ich waren ja schon zusammen angemeldet.

»Verflixt!«

Mehr fiel mir nicht ein.

»Und ich verbiete dir, jetzt noch deine Meinung zu ändern«, sagte Nils.

Ich musste husten.

»Annebino!«

Aber das Problem war nicht, für wen ich mich entscheiden sollte. Obwohl ich große Lust hatte, mit Johanne anzutreten, ging Nils natürlich vor, denn er kommt an erster Stelle – so ist es nun mal. Nein, das Problem war, wie ich ihm verklickern sollte, dass ich mich schon entschieden hatte, die ganze Mission Taco abzublas–

»Und ich erlaube dir auch nicht, zu kneifen!«

Manchmal konnte man Nils echt nichts vormachen.

»Nicht jetzt! Nicht jetzt, nachdem ich uns angemeldet habe und überhaupt!«, flehte er.

Denn das hatte er. Obwohl er am letzten Freitag stinksauer auf mich gewesen war, hatte er uns bei Frau Sandel angemeldet. Er hatte ihr gesagt, welches Lied wir spielen würden und dass uns nur noch ein Bandname fehle.

»Bitte! Bitte versprich mir, dass du nicht kneifst!«, sagte er. »Ich freue mich doch schon so darauf!«

Seine Nasenflügel vibrierten heftig.

»Bitte!«

Da fasste ich einen Entschluss.

Ich konnte ihn jetzt nicht im Stich lassen. Nils hatte mich ja trotz allem auch nicht im Stich gelassen. Noch dazu hatte ich verpennt, dass er seinen Vater treffen sollte und überhaupt. Auch wenn ich riskierte, mich total zu blamieren, musste ich die Sache einfach durchstehen. Nils und ich würden beim Talentwettbewerb mitmachen und wenn wir von Anfang an ausgebuht werden würden!

»Ich versprech's, ich schwöre Stein und Bein«, sagte ich.

»Okay«, sagte Nils mit ernster Miene.

Dann lächelte er von einem Ohr zum anderen.

»Falls nicht …«, sagte ich.

»Nein, ich erlaub's nicht!«, sagte Nils.

»Nein, nein, ich mache keinen Rückzieher, ich dachte nur, dass wir ...«

»Was denn?«

»Na ja, also, wir könnten ja ...«

»Ja, was?!«

»Es könnte ja sein, dass ...«

»Annebino, hör auf in halben Sätzen zu sprechen!«

»Wirkönntenjohannedochfragenobsielusthättebeiunsmitzuspielen.«

»Was?«

»Ich sage nur, wirkönntenjohannedochfragenobsielusthättebeiunsmitzuspielen.«

»Ich versteh kein Wort, von dem, was du sagst, nur damit du's weißt.«

»Bist du so schwer von Begriff, oder was? Wir könnten Johanne doch fragen, ob sie Lust hat, bei uns mitzuspielen!«

Nils schwieg.

»Wir – könnten – Johanne – doch – frag ...«

»Ja, ja, ich hab's verstanden.«

»Und, was sagst du dazu?

»Ich werde darüber nachdenken.«

Wir gingen die Treppe zum Gebäude hoch. Zogen

die schwere Glastür auf, liefen links an der Schulbibliothek vorbei und den Gang hinunter, vorbei am Lehrerzimmer und dem Labor, dem Werkraum und dem Handarbeitsraum. Erst, als wir vor unserem Klassenzimmer standen, machte Nils den Mund auf.

»Na gut«, sagte er.

»Na gut was?«, fragte ich.

»Du kannst Johanne fragen.«

Das freute mich so, dass ich geradewegs in Nadifs Pult hineinrannte.

»Wusstest du eigentlich, dass sie es hasst, am Talentwettbewerb teilnehmen zu müssen?«, sagte ich, nachdem wir uns gesetzt hatten. »Ich dachte, sie fände es toll, weil sie jedes Jahr mitmacht.«

»Na ja, es hat nie wirklich so ausgesehen, als würde es ihr mega Spaß machen, auf der Bühne zu stehen«, wandte Nils ein. »Eher so, als müsste sie sich jeden Augenblick übergeben.«

»Na ja, jetzt wo du es sagst …«

Aber eigentlich wusste ich nicht, wovon ich sprach. Ich hatte immer viel zu weit entfernt von der Bühne gestanden, um Johannes Miene zu deuten.

Bei diesem Talentwettbewerb aber – bei diesem Talentwettbewerb würde ich sie aus nächster Nähe sehen.

16 Das gewisse Etwas

»Und er nur so, *He, versuchst du etwa, mit mir zu flirten, oder was? Du glaubst doch wohl nicht, dass ich ausgerechnet auf dich scharf bin, oder?!*«, sagte Johanne, die neben mir auf dem Radweg fuhr.

»Was? Das hat Felix gesagt? Vor allen anderen aus der obersten Liga?«, sagte ich. »Nur, weil du Hallo zu ihm gesagt hast?!«

»Ja«, sagte sie.

»Und was hast du geantwortet?«

»Nicht viel.«

»Nee, das kann ich verstehen!«

Ich starrte geschockt vor mich hin, muss aber zugeben, dass ich auch ein bisschen schmunzeln musste. Es war schon seltsam, sich mit Johanne über so etwas zu unterhalten – von der Schule wie zwei Freundinnen heimwärts zu radeln und über Jungs zu reden. Wir, die kaum jemals ein Wort miteinander gewechselt hatten, seit wir im Kinderchor nebeneinander gestanden hatten!

»Aber es hat mich gar nicht mal so gestört«, sagte Johanne. »Ich glaube, dass er das vor allem deshalb gesagt hat, damit Thea keinen Verdacht schöpfte.«

»Verdacht schöpfen? Weshalb denn?«

»Weil er mich eigentlich gut findet.«

»Was? Felix findet dich gut?!«

Jetzt begriff ich gar nichts mehr.

»Na ja, ich weiß es natürlich nicht genau. Aber seit dem Fußballmatch am letzten Freitag haben wir ziemlich viel miteinander gequatscht«, sagte Johanne. »Er kam anschließend zu mir und fragte mich, was ich von seinem Tor gehalten hätte. Ich hab natürlich gesagt, dass es klasse war, und da hat er gelächelt und gesagt, dass das nichts gegen die Treffer gewesen sei, die er im Training gelandet hätte. Dann ist er gegangen. Aber er ist von sich aus zu mir gekommen. Und das heißt ja schon was.«

Ich unterdrückte ein Hüsteln.

Nicht, dass es völlig undenkbar wäre, dass aus Felix und Johanne ein Paar werden könnte, sie sieht toll aus und hat einen großen Bruder, der Torwart in Felix Fußballmannschaft ist. Sie hätte zur Topliga gehören können, wenn sie nicht Geige spielen würde.

»Aber er ist doch mit Thea zusammen!«, warf ich ein. »Und außerdem dachte ich, dass du Aksel toll fändest.«

»Oh nein, warum denken bloß alle, dass ich etwas von Aksel will?!«

Nils und ich waren offenbar nicht die Einzigen, denen aufgefallen war, dass Johanne in der letzten Zeit nach Schulschluss immer getrödelt hatte. Sie tat dann so, als müsse sie etwas an ihrem Fahrrad überprüfen oder würde in ihrem Rucksack nach etwas suchen, aber es war völlig offensichtlich, dass sie auf jemand wartete.

»Ihr seid doch zuletzt jeden Tag nach der Schule zusammen nach Hause gefahren«, sagte ich.

»Ja, aber nur, weil wir Nachbarn sind und er den Wink nicht versteht, wenn ich sage, dass er nicht auf mich warten muss«, erklärte sie. »Aus irgendeinem Grund glaubt er, ich fände es spannend, seine Schwärmereien über Thea anzuhören.«

Ich wusste, was sie meinte.

Aksel war schon seit der ersten Klasse in Thea verknallt. Als er in der Dritten ein Kaninchen bekam, taufte er es Thea. Beim Talentwettbewerb in der Fünften trug er ein Gedicht vor, das von ihr gehandelt hatte. Er widmet Thea auch seine Fürze. Wäre er nicht mit Magnus und Felix befreundet, wäre er in derselben Liga wie Franz – dem ist es auch total egal, dass die anderen sich nicht genauso für sein Hobby interessieren wie er selbst.

»Du meinst also, dass du nach der Schule nicht auf Aksel, sondern … auf Felix wartest?«, fragte ich.

Johanne gab keinen Ton von sich.

Ich befürchtete schon, zu viel gefragt zu haben und überlegte verzweifelt, was ich sagen könnte. Aber mir war noch nichts eingefallen, als Johanne die Katze aus dem Sack ließ.

»Na ja, ich *weiß* es natürlich nicht genau, aber ich glaube, dass Felix von Thea die Faxen dicke hat«, sagte sie. »Als ich gestern nach der Schule mit Aksel nach Hause fahren musste, sagte er, dass sie sich in *Fuck Justin* einig darüber seien, dass sie als Frontsängerin eine totale Katastrophe ist.«

Beinahe wäre ich in den Graben gefahren.

Mein Fahrrad holperte über den Kiesstreifen neben dem Radweg, vor meinen Augen flimmerte es. Zum Glück konnte ich aber wieder zurücklenken, bevor ich stürzte.

»Aber warum haben sie Thea dann überhaupt gefragt?!«, rief ich aus. »Sie müssen doch gewusst haben, dass sie nicht singen kann!«

»Klar haben sie das gewusst, das ist ja nicht zu überhören. Aber Aksel hat es geschafft, Felix und Magnus davon zu überzeugen, dass Thea so viel von dem gewissen Etwas hat, dass es auf ihre Stimme nicht ankommt. Aber schon nach der ersten gemeinsamen Probe war ihnen klar, dass ihre Stimme einfach gar nicht geht. Das hat sogar Aksel gemerkt, obwohl er viel verliebter in Thea ist als Felix und alle anderen Jungs aus der Siebten zusammen. Deshalb hat Magnus auch vorgeschlagen, eine Tanzshow zu bringen, damit es der Jury hoffentlich nicht so auffällt, dass sie nicht singen kann.«

Magnus war also auf diese geistreiche Idee gekommen, nicht Thea. Das hätte ich mir denken können. Sie ist schließlich nicht besonders clever.

»Aber es könnte doch sein, dass Felix das ganze Geplärre auch vergisst, wenn er ihre Verrenkungen sieht? Und nicht länger von ihr angenervt ist?«, wandte ich ein.

»Ja, daran habe ich auch schon gedacht«, antwortete Johanne. »Und ich weiß ja auch, dass sie gut aussieht und das beliebteste Mädchen der Siebten ist und so. Aber sie hat ja nichts anderes drauf, als fies zu sein und auch ihn herumzukommandieren. Wer möchte denn auf Dauer schon mit so jemandem gehen?«

Dazu fiel mir nichts ein.

Allerdings konnte ich mir auch nicht vorstellen, dass Felix mit Thea Schluss machen würde. Trotz allem war sie nun mal … Thea. Und ich wollte mir lieber nicht vorstellen, wie wütend sie dann werden würde. Denn wenn ihr glaubt, dass Thea wütend war, als sie mir *OMG!!!!* ins Gesicht geschrien hat, hättet ihr sie mal erleben müssen, als sie Ridvan aus der 7B beschimpfte!

Ridvan war direkt vor den Sommerferien in die Topliga aufgenommen worden, nachdem er monatelang um ihre Bänke herumscharwenzelt war. Man hätte eigentlich meinen können, dass er im Laufe der Zeit die Regeln geschnallt hätte, aber es hatte nur ein paar Tage gedauert, bis Thea ihm im Nacken saß. Sie schäumte vor Wut, obwohl Ridvan nichts anderes getan hatte, als Shirin etwas zu fragen, bevor er Thea gefragt hatte. Dass er immer noch in der obersten Liga spielte, lag nur daran, dass er sich darauf eingelassen hatte, zuerst mit Thea zu gehen, um dann von ihr fallen gelassen zu werden, bevor er mit Shirin ging.

Ich wollte mir lieber nicht ausmalen, wie Thea reagieren würde, falls jemand *mit ihr* Schluss machen würde. Sie würde wahrscheinlich völlig austicken!

Plötzlich fiel mir auf, dass wir schon an Larri's Tankstellen-Kiosk vorüber und fast in der Straße waren, in der ich wohne. Johanne und ich hatten uns so gut unterhalten, dass wir ganz vergessen hatten, über das zu reden, worüber wir eigentlich reden wollten.

»Hier wohne ich. Und Felix«, sagte ich.

»Cool«, sagte Johanne.

»Äh, ich wollte dir eigentlich noch etwas …«

Mein Hals war wie zugeschnürt.

Ich wusste nicht, wie ich ihr sagen sollte, dass ich zweimal für den Talentwettbewerb zugesagt hatte und wie ich sie fragen sollte, ob sie mit in unserer Band spielen wollte.

»Aber das kann warten«, sagte ich, »es ist nicht so schlimm, wenn …«

»Ich kann auch noch mit reinkommen, wenn du willst.«

Ich stieß vor Überraschung gegen die Fahrradklingel.

»Hä? Meinst du … meinst du mit zu mir?«

Nicht, dass Johanne hinterhältig wäre. Sie gehörte nicht zu denen, die gemein zu mir oder Nils waren, weil er mit mir befreundet ist. Trotzdem hätte ich das nie erwartet – dass sie vorschlagen würde, mit zu mir zu kommen.

»Meine Eltern kommen heute erst spät von der Arbeit, ich muss also nicht vor acht Uhr zu Hause sein«, erklärte sie. »Außerdem habe ich gesehen, dass meine Mutter mir heute früh so eine Rahmbreipackung neben die Mikrowelle gestellt hat. Sie vergisst immer, dass ich Rahmbrei nicht mag.«

Wir bogen in meine Straße ein.

»Bei uns gibt's heute Pfannkuchen«, sagte ich. »Dienstags essen wir immer Pfannkuchen. Das reicht bestimmt auch noch für dich. Aber … nur wenn du wirklich möchtest. Du musst nicht.«

Wir radelten in unsere Auffahrt und stellten die Räder ab.

»Gerne«, sagte Johanne.

Mein Herz schlug einen zweifachen Salto mit Schraube.

Als wir hineingingen, roch es im ganzen Haus nach Pfannkuchen.

17 Schleimige Schlange

»Warte nur, bis du sie hörst!«

Johanne und ich zogen uns gerade im Flur die Schuhe aus, als wir Tante Monas Stimme in der Küche hörten.

»Ich versprech dir, du wirst hintenüberkippen.«

»Na ja, ich will ja auch nicht pessimistisch sein«, erwiderte meine Mutter.

Die Bratpfanne zischte, als sie Pfannkuchenteig hineingab.

»Ich mache mir nur Sorgen, was für ein Risiko sie da eingeht«, fuhr Mama fort. »Anne Bea wurde trotz allem mit einer Behinderung geboren, das macht sie anfälliger für blöde Sprüche. Und Kinder können so grausam sein, Mona. Ich habe gehört, wie sie von manchen Mitschülern genannt wird, und das ist so abscheulich, dass ich … puh, mir kommen die Tränen, wenn ich nur daran denke.«

Ich stand wie gelähmt mit meinem Fahrradhelm in der Hand im Flur.

Meine Mutter hatte mich gerade *behindert* genannt!

Und Johanne hatte es gehört!

»Aber hat sie dir denn nicht erzählt, was letzte Woche passiert ist?«, sagte Tante Mona.

»Nein, was denn?«

»Aber deshalb nimmt sie doch überhaupt teil! Die Zicken in ihrer Klasse versuchen immer noch, sie runterzumachen, aber in der letzten Woche hat sie es geschafft, es ihnen heimzuzahlen!«

»Wirklich? Ist das wahr?«

»Ja, und du kannst dir ja vorstellen, was diese Mädchen davon halten. Um also zu vermeiden, dass Anne Bea noch mehr Ärger bekommt, habe ich gedacht, dass man sie ein bisschen in ihre Schranken weisen könnte. Ihnen zeigen, dass Anne Bea auch etwas draufhat. Natürlich riskiert sie eine Menge, wenn sie vor über hundert Mitschülern auf einer Bühne steht, aber lass es uns lieber aus einem anderen Blickwinkel betrachten: Stell dir vor, welches Selbstvertrauen ihr das geben könnte! Etwas zu tun, in dem sie spitze ist. Und wenn sie etwas kann, dann singen! Diese Zicken werden wie die Trottel dastehen, wenn sie den Mund aufmacht. Und der Junge, auf den sie steht, wird sich denken, diese Anne Bea … *das* ist ein Mädchen, das ich näher kennenlernen muss. Zwei Fliegen mit einer Klappe!«

Ich sank auf die Bank im Flur.

Tante Mona hatte gerade verraten, *dass ich auf Magnus stand!*

Und Johanne hatte es gehört!

War mir heute Morgen auf dem Schulweg schon schlecht gewesen, so war das nichts gegen das Gefühl, das mich jetzt überfiel – als würde eine eklige, schleimige Schlange meinen Hals von innen hochkriechen. Am liebsten hätte ich Johanne gebeten, nach Hause zu gehen, aber das ging ja nicht. Ich hatte sie zu Pfannkuchen eingeladen und musste die Sache mit der doppelten Zusage klären. Und andererseits wollte ich ja auch, dass sie blieb.

Aber in mein Zimmer konnte ich mich nicht mit ihr schleichen, das liegt hinter der Küche. Wenn ich das täte, würden Mama und Tante Mona in lautes Gelächter ausbrechen und sich auf die Schenkel klopfen. Das taten sie immer, wenn sie etwas überspielen wollten.

»Na gut, in einem hast du recht«, sagte meine Mutter jetzt, »Anne Bea hat eine tolle Stimme. Natürlich macht mich der Gedanke, dass sie vor der ganzen Unterstufe auftreten wird, nervös, aber …«

»Aber du vertraust mir?«, beendete Tante Mona den Satz.

»*Das* hab ich nicht gesagt. Aber es wäre trotzdem schade, jetzt einen Rückzieher zu machen. Und außerdem steht Nils mit ihr auf der Bühne und ihm kann man vertrauen.«

»Ja, der Junge ist wirklich ein Glücksfall. Ich frage mich, ob Anne Bea wohl weiß, was sie an ihm hat? Wäre ich an meinem ersten Schultag so einem Jungen begegnet, hätte ich ihn für den Rest meines Lebens festgehalten ... Na, Kristoffer, hast du deiner Tante ein Bild gemalt? Wer ist denn das da? Lass mich raten ... Das ist doch wohl nicht Kapitän Säbelzahn, oder?«

»Nimmst du mit Nils am Talentwettbewerb teil?«

Mein Blick ging hoch und begegnete Johannes.

»Warum hast du mir das heute Morgen nicht gesagt? Als ich dich gefragt habe, ob du mit mir singen willst?«, flüsterte sie.

»Ich hatte es vergessen«, würgte ich hervor. »Ich hab mich so ... ich hab mich so gefreut, dass du mich gefragt hast.«

Ich schluckte und schluckte, um die schleimige Schlange wieder in meinen Magen zurückzuzwingen, aber sie schlängelte sich nur noch weiter in meinem Hals hinauf.

»Aber du kannst doch nicht mit mir singen, wenn du es schon mit Nils tust. Das verstößt gegen die Regeln.«

»Ja, ich weiß. Entschuldige. Ich habe es nicht böse gemeint. Ich habe nur … entschuldige.«

Jetzt saß die Schleimschlange mit ihrem Kopf in meinem Mund.

»Und was machen wir jetzt?«, fragte Johanne.

Ich sah sie an.

Sie hatte sich noch nicht wieder die Schuhe angezogen. Und so furchtbar sauer schien sie auch nicht zu sein. Tatsächlich sah es eher so aus, als überlegte sie, sich die Jacke auszuziehen.

Ich unternahm einen weiteren Anlauf.

»Na ja, ich würde es verstehen, falls du keine Lust dazu hättest, a-a-aber wenn du willst, könntest du bei uns mitmachen. Es wäre superklasse, wenn wir zum Gesang, dem Keyboard und Brittany noch eine Geige hätten.«

»Brittany? Die Neue aus meiner Klasse? Macht sie auch mit?«

»Ja, seit gestern. Mit dem Tamtam, äh, Tamburin, meine ich!«

»Aber meine Mutter sagt, dass ich nicht mit drittklassigen Amateuren zusammenspielen soll.«

Auf diesen Einwand war ich vorbereitet und ich reagierte blitzschnell.

»Kann ja sein, aber du brauchst dir keine Sorgen zu machen. Nils spielt wie ein Profi und Brittany gibt nur den Rhythmus vor.«

Johanne nestelte am Reißverschluss ihrer Jacke.

»Wir proben heute Abend um sechs«, fuhr ich fort. »Hier im Hobbykeller. Deshalb ist auch meine Tante hier. Manchmal ist sie völlig daneben, faselt drauflos und sagt blöde Sachen, die *überhaupt nicht stimmen*! Trotzdem ist sie echt in Ordnung. Sie hilft uns mit den Noten und den Arrangements und so, weil sie sehr musikalisch und Dirigentin eines Jugendchors ist und von solchen Dingen Ahnung hat.«

Ich holte Luft.

Ich hatte so viel geredet, dass mir die Ohren klingelten.

»Na ja, ich könnte ja …«, begann Johanne. »Ich hab ja sowieso meine Geige dabei, also … Also wenn ihr heute Abend eh üben wollt, könnte ich ja vielleicht … Wenn das okay für euch ist …«

Ich bin nicht wie Nils.

Ich verliere nicht die Geduld, wenn andere in Halbsätzen sprechen.

»Klaro!«, sagte ich und lächelte.

Johanne zog ihre Jacke aus und hängte sie an die Garderobe.

»Gut«, sagte sie und erwiderte mein Lächeln. »Gut, dann machen wir's so.«

Und zwei Sekunden später war die schleimige Schlange wieder meinen Hals heruntergerutscht und verschwunden.

18 Zeig's uns!

»UND EINS! UND ZWEI! Und ein – zwei – drei – vier!«

Nils haute in die Tasten.

Seine Finger flogen über die Tastatur, er beugte sich vor und warf den Kopf von einer Seite zur anderen.

Seit er mit neun angefangen hatte, Keyboardunterricht bei Jøgge zu nehmen, machte er das so. Es war, als wäre er ein ganz anderer, wenn er sich hinter dieses Keyboard stellte – ein blutrünstiger Wikinger, bereit, die Leute mit Musik zu kapern. Nur, dass man halt gute Laune davon bekam, wenn man ihn spielen hörte.

Nils ist nämlich das, was Tante Mona einen *Entertainer* nennt.

»Weiter so, Nils, Mr Piano Man!«, rief sie und klatschte.

Ich drehte mich um und griff nach dem Mikrofon.

Gleich war ich an der Reihe.

Ich nahm einen tiefen Atemzug und zählte in Gedanken rückwärts.

Und fünf. Und vier. Und drei – zwei – eins – und –

»Waiiiiit!«

Ich ließ das Mikro los.

Nicht schon wieder!

»Sorry«, rief Brittany. »Aber wann habe ich noch mal meinen Einsatz?«

»*Nach* Anne Bea«, sagte Tante Mona. »Warte so lange, bis sie mit der ersten Strophe fertig ist, dann bist du dran.«

Ich hörte ihr an, dass sie allmählich die Geduld verlor.

»Okay, dann versuchen wir's noch einmal! Und eins! Und zwei! Und eins – zwei –

»Excuse me, aber sind Sie wirklich sicher, dass ich nicht *gleichzeitig* mit Anne Bea einsetzen soll? Ich finde, das macht irgendwie mehr Sinn.«

Sie schwenkte das Tamburin vor meiner Nase.

»Du hast deinen Einsatz *nach* Anne Bea.«

Tante Monas Stimme klang jetzt ziemlich genervt und ich glaube, dass sie auch mit den Augen rollte, als sie das sagte, weil ich Nils und Johanne hinter mir kichern hörte.

»Auf ein Neues!«, rief Tante Mona. »Und eins! Und zwei! Und eins – zwei – drei –«

»Waaaaartet!«

Diesmal war es Nils.

»Ich habe einen Krampf in den Fingern!«

Ich seufzte. Es würde nicht mehr lange dauern und die Stimmung im Hobbyraum würde entweder kippen oder total den Bach runtergehen.

Zum Glück erkannte Tante Mona die Zeichen.

»Wir machen eine kurze Pause. Ich hole mir eine Tasse Kaffee, ihr erholt euch kurz, und dann machen wir in zehn Minuten weiter.«

Nils, Johanne, Brittany und ich ließen uns auf unsere Stühle fallen.

Eine Woche lang hatten wir fast jeden Abend geprobt. Wir mussten noch mehr üben, aber Tante Mona hatte gesagt, wir würden jeden Tag besser, und dass der Song bald perfekt sitzen würde. Ich hoffte, dass sie recht behielt. Der Talentwettbewerb war schon in zwei Tagen.

Seit Johanne an der Geige mitspielte, hatte das Lied jedenfalls richtig gewonnen. Und es schien auch nicht so, als würde sie ihre Zusage bereuen. Oder Brittany. Im Gegenteil. Fast jeden Probentag waren sie nach der Schule mit Nils und mir nach Hause gekommen. Hatten Mamas Pfannkuchen probiert, Papas Spezialspiegeleier und Omas Kekse, und als Tante Monas Tacos auf den Tisch kamen, schlangen Johanne und Brittany geschwind drei Tacoschalen herunter und waren sich einig, dass sie keine Familie kannten, in der *so* lecker gekocht wurde.

Dass wir beim Wettbewerb antreten würden, war immer noch ein Geheimnis. Nils und ich hatten mit Johanne und Brittany abgemacht, dass wir uns in der Schule wie immer verhalten würden. Thea war der Typ, der überall Lunte roch. Sie würde zwei und zwei zusammenzählen, wenn sie Nils und mich auffällig viel mit anderen in den Pausen sprechen sehen würde. So machten wir also das, was wir immer taten – Johanne hing mit ihren Leuten herum und Brittany ignorierte uns.

Mit Magnus hatte ich kein Wort mehr gewechselt, seit ich in die Schusslinie geraten war. Mit Thea, Ronja und Shirin auch nicht. Das heißt, sie hatten mich fast ein Dutzend Mal *Loserfresse* genannt und mir auf dem Mädchenklo ein Bein gestellt und vor Lachen geschrien, als ich über meinen Rucksack gestolpert war. Eine gewisse Art der Kommunikation hatte es also zwischen uns gegeben. Aber sie waren so erpicht darauf, den Talentwettbewerb zu gewinnen, dass Nils und ich ihnen die meiste Zeit schnurzpiepegal waren, und beschäftigten sich stattdessen damit, zu tanzen oder sich darüber zu unterhalten, was sie auf der Bühne tragen würden. Was uns eigentlich ausgezeichnet in den Kram passte.

»Okay, die Pause ist vorbei!«

Tante Mona kam mit Kristoffer im Schlepptau die Treppe heruntergelaufen.

»Setz dich aufs Sofa, Kristoffer, dann bist du das Publikum«, sagte sie.

Kristoffer stapelte alle Sofakissen auf einen Haufen und krabbelte hinauf, dann dauerte es noch einen Moment, bis er eine bequeme Position gefunden hatte.

»Are you ready?«, fragte Tante Mona.

»Ja«, sagte Nils hinter dem Keyboard und spreizte seine Finger, krümmte und streckte sie.

»Ja«, sagte Johanne und schob die Geige unters Kinn.

»Ja«, sagte ich mit einem Nicken und ging ans Mikrofon.

»Wait!«, rief Brittany und schwenkte das Tamburin.

»Du hast deinen Einsatz *nach* Anne Bea!«, sagte Tante Mona. »Kristoffer, bist du bereit?«

Er nahm seinen Seeräuberhut ab und legte ihn vorsichtig auf den Tisch. Dann nickte er oben auf dem Kissenberg mit ernstem Gesicht.

»Gut, dann geht's jetzt los!«, rief Tante Mona. »Und eins! Und zwei! Und eins – zwei – drei – vier! Zeig's uns, Nils!«

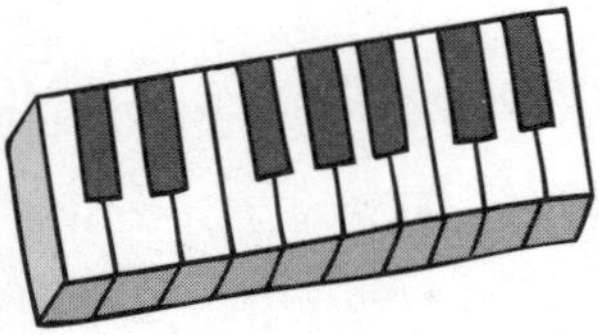

19 Zombie ohne Pony

Der Tag des Talentwettbewerbs hätte kaum schlimmer sein können.

Ich wachte nicht nur mit furchtbaren Bauchschmerzen, Nervosität und Lampenfieber auf, nein, Magnus ging auch noch auf der Schultreppe an mir vorbei, ohne mich eines Blickes zu würdigen. Dann nannte Thea mich einen blinden Albinoloser, als ich in der großen Pause in Nadifs Pult hineinrannte, und noch dazu wäre ich vier Stunden vor Beginn des Wettbewerbs fast skalpiert worden!

Alles fing damit an, dass Thea in der Schulküche das Fenster aufriss und brüllte:

»LET ME HEAR YOU BURN!!!!«

Mari ließ beinahe den Apfelkuchen fallen, Nadif schnitt sich in den Finger und Nils verstreute Hagelzucker über die ganze Arbeitsplatte.

Die Einzige aus unserer Gruppe, die nicht zusammenzuckte, war ich. Ich hatte das Moped nämlich schon gehört, als es durch die Schulpforte fuhr, also bevor Thea das Fenster hinter uns mit einem Ruck geöffnet hatte. Ich hatte geahnt, dass so etwas kommen würde.

PK war auf dem Schulhof.

PK war unser Vertretungslehrer in Sozialkunde, wenn Frau Ness' Schleudertrauma ihr mal wieder Probleme machte, und galt als der heißeste Lehrer der Schule. Sein eigentlicher Name war Per Kristian Larsen. Er hatte blaue Augen und fast ebenso weiße Haare wie ich, nur mit dem Unterschied, dass er sie gebleicht hatte. Außerdem besaß er ein schwarz-gelbes Moped, auf dem die meisten Mädchen der siebten, achten, neunten und zehnten Klasse gerne mal mitgefahren wären.

»NA LOS DOCH, PEKAAAA!!«, schrie Thea aus dem Fenster. »NUR EINMAL UM DEN HOF!!«

Manchmal beneide ich sie ein bisschen. Obwohl PK mindestens fünfundzwanzig Jahre alt ist, geht sie einfach davon aus, dass er es cool findet, wenn sie ihm etwas zuruft. Stellt euch bloß mal vor, ihr hättet überhaupt keine Angst, dass andere euch auslachen könnten, wenn ihr auf sie zugeht.

Mama sagte immer, ich solle von mir abprallen lassen, was andere über mich denken, aber das war nicht so einfach. Und wenn gerade Thea meinte, dass es ihr egal wäre, was andere von ihr halten, schien mir das keine positive Eigenschaft zu sein.

Wenn sie mich zum Beispiel einen *fucking Loser* oder Nils einen *blöden Homo* nannte oder zu Hanna-Merete sagte, sie solle mal abnehmen, warf sie oft so etwas hinterher wie: »Sorry, aber ich bin nun mal der Typ, der offen sagt, wie es ist. Wenn du die Wahrheit nicht verträgst, ist das allein *dein* Problem, nicht meins! Ich will ja nicht gemein sein, aber es ist mir scheißegal, was du von mir hältst. Ich bin nun mal so und stehe voll zu dem, was ich sage!!«

Und Nils, Hanna-Merete und ich hatten dann das Problem.

Ich zweifelte also ein bisschen daran, ob das wirklich etwas war, was ich lernen sollte – darüber hinwegzusehen, was andere von mir halten, meine ich. Mir scheint das eher eine Ausrede dafür zu sein, immer wieder ungehindert mit Gemeinheiten um sich werfen zu können.

BURN!

BUUUUUUURRRRN!!

BUUUUUUUUUUUUUUUUUUUUUURN!!!!

Das röhrende Geräusch eines getunten Mopeds

drang durch die Schulküche. PK tut meistens, um was ihn die coolen und beliebten Mädchen bitten. Wenn er die Pausenaufsicht hat, ist er mehr damit beschäftigt, die Delfin-Tätowierungen auf seinem Arm zu zeigen, als ein Auge darauf zu haben, ob jemand gehänselt wird, um es mal so zu sagen.

»PEKA!! PEKA!! PEKA!!«

Mittlerweile leisteten Ronja und Shirin Thea am Fenster Gesellschaft. Sie schrien und riefen, als er vorbeiraste.

»So, Mädels, jetzt aber zurück auf eure Plätze«, sagte Herr Bendiksen.

Bendik Bendiksen ist unser Hauswirtschaftslehrer und nach PK der zweitjüngste Lehrer an der Schule, was aber nicht automatisch bedeutet, dass er auf der Liste der heißesten Lehrer steht. Auf einem Moped kann ich ihn mir auch nur schwer vorstellen. Herr Bendiksen trägt eine Brille, hat schmale dünne Finger und kommt mit einer Schultasche statt eines Rucksacks in die Schule.

»Los jetzt, Aksel ist zwar ein As im Apfelkuchenbacken, aber er soll nicht die ganze Arbeit allein machen müssen«, sagte er.

Mari und ich konnten ein Kichern nicht unterdrücken.

Wenn jemand *nicht* gut im Apfelkuchenbacken war, dann Aksel – er konnte ja noch nicht einmal Wasser kochen! Wir waren heilfroh, dass wir ihn nicht in unserer Gruppe hatten.

»Habt ihr nicht gehört, was ich gesagt habe?«, ermahnte Herr Bendiksen sie erneut. »Zurück auf eure Plätze.«

»Wir wollen Herrn Larsen nur noch eine Runde fahren sehen!«, sagte Thea.

»Genug geglotzt, macht jetzt euren Kuchen fertig.«

Aber Thea lehnte sich nur noch weiter aus dem Fenster.

»PEKAAAAAAA!! NOCH EINE RUNDE!!«

»Weg vom Fenster jetzt, und zwar sofort! Sonst könnt ihr alle ein Schreiben an eure Eltern mit nach Hause nehmen.«

Thea musste sich an Ronja und Shirin festhalten, um nicht aus dem Fenster zu fallen. Herr Bendiksen wurde sonst nie laut.

»Jesus, beruhigen Sie sich, wer überreagiert denn jetzt hier?«, sagte sie genervt.

»JETZT!«

Der bebrillte Bendiksen stand wutschnaubend hinter ihr.

»Aber ich will nur noch …«

»JETZT – SOFORT!«

Das war zu viel für Thea. Sie ging einen Schritt auf Herrn Bendiksen zu und starrte ihm mit bohrendem Blick in die Augen. Wenn ein Lehrer mit Thea schimpft, kontert sie nämlich immer mit Um-die-Wette-Starren.

Eine Sekunde.

Zwei Sekunden.

Ich merkte, dass ich um Herrn Bendiksens willen nervös war. Er war noch nie mit dem Um-die-Wette-Starren konfrontiert gewesen – zumindest nicht mit Thea als Gegner. Und sie war ein Profi darin. Es war unglaublich, wie viele Lehrer schon gegen sie verloren hatten. Frau Ness, zum Beispiel. Wenn Thea erst einmal loslegte, hatte kaum jemand eine Chance.

Sechs Sekunden.

Sieben Sekunden.

Acht Sekunden.

Thea lockerte die Schultern und räusperte sich.

Yes! Ich musste schmunzeln, die Anzeichen waren unverkennbar. Wenn sie Herrn Holst im Matheunterricht herausforderte, räusperte sie sich auch nach acht Sekunden. Und er gehörte zu den wenigen, die immer gegen sie gewannen.

Elf Sekunden.

Zwölf Sekun–

»Ist ja schon gut!!«

Thea wandte den Blick ab.

»Wir gehen ja schon zurück zu unseren Plätzen, wenn das so wahnsinnig wichtig für Sie ist!!«

Nils und ich mussten grinsen. Herr Bendiksen war drauf und dran, nach Herrn Holst und Frau Sandel unser neuer Lieblingslehrer zu werden.

Gleich darauf schlenderte Thea mit Ronja und Shirin auf den Fersen an uns vorbei. Alle drei klauten sich einen Apfel von unserer Arbeitsfläche, bevor sie Aksels erhobene Hand abklatschten.

Wir hatten versucht, unseren Platz mit jemandem aus den anderen Gruppen zu tauschen, aber bisher hatte das noch nicht geklappt. Die Jungs, die in Thea verliebt waren, hätten gerne unseren Platz eingenommen, aber es gab immer ein paar in ihren Gruppen, die das nicht wollten. Und das konnte ich gut verstehen. Wer hatte schon Lust, als Nachbarn eine Gruppe zu haben, die deine Rosinen klaute, von deinem Teig naschte und deine Schüssel mit geschmolzener Kuvertüre ausschleckte, die du dir zum Nachtisch aufgehoben hattest?

»Okay, seid ihr so weit?«

Mari sah von Nadif zu Nils und mir.

Wir nickten.

Sie gab den Teig in die Apfelkuchenform und strich ihn mit einem Teigschaber glatt. Dann legte Nadif die fertig geschnittenen Apfelschnitze gefächert obendrauf. Zuletzt bestreute Nils alles mit Zimt und dem, was vom Hagelzucker noch übrig geblieben war.

Wir traten einen Schritt zurück, um das Ergebnis zu begutachten. Das heißt, die anderen machten einen Schritt zurück, während ich mich vorbeugte.

»Nice«, sagte Mari.

»Stark«, kommentierte Nadif.

»Sweet«, meinte Nils.

Ich wusste, was sie damit sagen wollten.

Wir waren nämlich ein aufeinander eingespieltes Team. Jeder von uns vieren hatte ein besonderes Talent für etwas, keiner ließ den anderen während der Arbeit im Stich, und jeder konnte seinen Teil beitragen. Herr Bendiksen sagte, wir seien leuchtende Vorbilder für funktionierende Zusammenarbeit.

Ich hatte gehört, wie Mari einmal zu Hanna-Merete sagte, dass Hauswirtschaft gleich nach Mathe ihr Lieblingsfach sei. Und ich glaube, das hatte auch etwas mit unserer Gruppe zu tun. Obwohl Nils und ich in einer Liga unter ihr spielten, war es ziemlich offensichtlich, dass sie gerne mit uns zusammen kochte oder backte.

»Mensch, ist der süß!«

Thea biss direkt hinter mir in den von uns stibitzten Apfel.

»Was? Herr Bendiksen?!«, rief Ronja ungläubig.

»Nein, spinnst du!! PK!!«

»Ach so, ja. Und wie!«

»Habt ihr gehört, was er gestern zu Susanne gesagt hat?«, fragte Thea.

»Nein, was?«, wollten Ronja und Shirin wissen.

»Sie hat ihn vor Sozialkunde auf dem Flur abgepasst und einfach gesagt, *Herr Larsen, ich war ein furchtbar böses Mädchen und habe die Hausaufgaben vergessen. Was wollen Sie dagegen tun?*«

»*Das* hat sie gesagt?«, sagte Ronja.

»Ehrlich?«, sagte Shirin.

»Und alle möglichen Leute haben das mitgekriegt, sogar ein paar Lehrer, darunter auch Herr Holst«, erzählte Thea weiter. »Er hat den Bauch rausgestreckt und gesagt: *Aber ehrlich, Susanne, so etwas sagt man nicht zu einem Lehrer*, und PK darauf nur: *Entspann dich, Odd, sie macht nur Spaß, oder Susanne?*. Susanne hat da nur *Na klar*, erwidert, und Herr Holst ist weitergegangen. Aber sie hat keinen Spaß gemacht. Sie ist total scharf auf ihn. Sie hat diverse kranke Bilder von sich auf Instagram mit dem Kommentar *4 U PK* hochgeladen! Mit einem Haufen Herzen darunter, unter anderem ein Bild, in dem sie mit *so einem* Lächeln in die Kamera guckt.«

Susanne geht in die zehnte Klasse und ist das beliebteste Mädchen der Oberstufe. Sie ist gläubig, flucht nicht und sagt nie etwas Hässliches zu anderen. Dafür spricht sie hinter ihrem Rücken schlecht über sie oder sagt es mit Blicken. Susanne gehört zu den tollen, gut aussehenden Pferdeschwanzmädchen, die mir mitfühlend zulächeln, wenn sie an mir vorbeigehen. Der arme Albino, sagt ihr kalter Blick. Man stelle sich vor, *so* auszusehen.

»ABER! Ich glaube ja, dass PK keinen Gedanken mehr an Susanne verschwenden wird, wenn er uns heute Abend auf der Bühne sieht!«, sagte Thea.

Ich sah zu Nils. Seine Nasenflügel bebten.

Sag nicht, dass …

Die Schule bat die Jurymitglieder immer darum, Stillschweigen darüber zu bewahren, dass sie benannt wurden, damit niemand versuchen konnte, sie vorher zu bestechen. Aber irgendeiner quatschte immer. Als Ronja vorletztes Jahr in der Jury saß, hatte sie zum Beispiel eine Woche vor dem Wettbewerb in jeder Pause

Komplimente und Schmeicheleien gesammelt. Außerdem war im letzten Jahr der Verdacht aufgekommen, dass Schmiergeldzahlungen geflossen waren, als Trachten-Torfinn den vierten Platz machte. Aber weder er noch jemand aus der Jury war disqualifiziert worden, obwohl Thea eine Eingabe gemacht hatte.

Mari ahnte natürlich, was Nils und mir durch den Kopf ging.

»PK wird in diesem Jahr Jurymitglied sein«, bestätigte sie. »Die Nachricht hat heute Morgen die Runde gemacht.«

Typisch!

Mit PK in der Jury war Thea schon mal von mindestens einem Jurymitglied die volle Punktzahl sicher.

»Aber meine Mutter wird auch Jurymitglied sein«, verriet Nadif.

Er lächelte uns an, den Mund voller Apfelscheiben.

Nadifs Eltern sind ein bisschen so wie Johannes. Beide haben tolle angesehene Jobs und sind sehr bemüht darum, dass ihre Kinder später auch in solchen landen. Weshalb Nadif auch nie blaumacht oder mich auslacht. Er darf nicht mit schlechten Noten nach Hause kommen, und so büffelt er selbst in den Pausen, statt Thea zuzuhören.

Ich nahm mir auch ein paar Apfelschnitze und erwiderte sein Lächeln. Ich zweifelte stark daran, dass Nadifs Mutter einer Tanzshow mit unzähligen Verrenkungen die Höchstpunktzahl geben würde. Geschweige denn einem Song von Rihanna, der von einer unterirdisch singenden Superzicke präsentiert wurde.

Mit einem Mal erschien mir der heutige Abend in einem gar nicht so schlechten Licht.

»Und die beiden Schülervertreter? Weiß jemand, wer die sind?«, fragte Nils.

»Den Gerüchten nach ist einer Torfinn«, sagte Mari. »Jemand hat ihn am Samstag im Shoppingcenter einen Anzug kaufen sehen. Da er ja sonst immer in Tracht auftritt, kann das nur eines bedeuten.«

Ich spitzte die Ohren, um zu hören, ob Thea, Ronja und Shirin vielleicht verraten würden, wer der zweite Schülervertreter war, aber ausnahmsweise war von ihnen kein Geschnatter mehr zu hören. Als ich mich umdrehte, wusste ich auch, warum. Herr Bendiksen beugte sich gerade mit verschränkten Armen und Brille auf der Nase über ihre Arbeitsplatte.

»Okay, seid ihr so weit?«

Mari nahm den Apfelkuchen und ging zum Backofen am Ende unserer Arbeitsfläche. Nadif, Nils und ich stellten uns in Reih und Glied neben sie.

»Anne Bea?«, forderte sie mich auf.

Ich machte einen Schritt vor.

Ich war immer diejenige, die die Ofentür aufmachte und die Temperatur überprüfte, und Mari schob den Kuchen hinein. Nils hatte es ja nicht so mit Hitze und Feuer, und Nadif war immer ein bisschen unsicher, wenn es drauf ankam. Ihm lag es mehr, zu dekorieren und die Mengen exakt abzumessen, als etwas in den Ofen zu schieben und wieder rauszuholen. Jedenfalls fand er das, nachdem er einmal die Quiche fallen gelassen hatte.

Ich ging in die Hocke und öffnete die Backofentür. Die Hitze traf auf meine Brillengläser wie ein feuchtes Handtuch. Ich prüfte die Temperatur. Ja, circa 180 Grad. Ich bin ziemlich gut darin, die Backofentemperatur einzuschätzen. Man könnte es fast meine Zweitbegabung nennen.

»Alles bereit«, sagte ich.

Und da geschah es.

Ich selbst sah es nicht, aber Nils sagte mir später, es sei eine Art Kettenreaktion gewesen:

1. Herr Bendiksen ging an unserem Arbeitsplatz vorbei und stolperte über Nadifs Fuß.
2. Nadif zog den Fuß zurück und stieß dabei gegen Nils.

3. Nils verlor das Gleichgewicht und fiel gegen Mari.
4. Mari schwante, was passieren würde, und musste sich entscheiden: sich oder den Apfelkuchen zu retten.
5. Sie entschied sich für den Kuchen.
6. Der Kuchen flog auf die Arbeitsplatte, als Nils gegen Mari prallte.
7. Mari strauchelte in Richtung Ofen und landete auf mir.
8. Ich fiel auf die Knie und bekam Maris Ellenbogen in den Nacken.
9. Mein Kopf schoss vor, in den Ofen.
10. Und da steckte ich dann. Mit meinem Kopf in einem 180-Grad-heißen Backofen!

Ich konnte Nils die ganze Zeit hören. Er schrie so laut, dass mir die Ohren fast genauso wehtaten, wie meine Kopfhaut schmerzte.

Ich bin mir sicher, dass ich glühte, als Mari sich wieder aufgerappelt und mich aus dem Ofen gezogen hatte. Und wie! So rot waren meine Wangen garantiert noch nie gewesen, und als ich mir eine Hand auf die Stirn legte, war sie so heiß, dass mein Vater seine Spezialspiegeleier darauf hätte brutzeln können.

Aber es war nicht meine Hautfarbe, die meine Mitschüler dazu bewegte, mich anzustarren und die Nase zu rümpfen. Ausnahmsweise nicht.

»Kein Grund zur Sorge, selbst Profiköche verbrennen sich manchmal am Herd!«, rief Herr Bendiksen aus.

Aber ich sah, dass er mich ebenfalls anstarrte, bevor er sich flugs die Nase zuhielt. Gefolgt von den anderen. Sogar Nils konnte nicht länger Widerstand leisten.

Und da roch ich es selbst.

Ich stank entsetzlich!

Der Grund dafür lag noch im Ofen. Mari und Nadif holten etwas heraus, während sie sich mit Daumen und Zeigefinger die Nase zuhielten.

Ich starrte es einen Moment an, bevor ich mir wieder an die Stirn fasste. Ich hatte gar nicht gemerkt, dass mir die Haare gerade gar nicht im Weg gewesen waren. Und jetzt wusste ich, warum.

In meiner Hand lag ein schwarzweißes Haarbüschel, das vorher mein Pony gewesen war.

»Und das war das Einzige, was dir stand!!«

Thea, Ronja und Shirin brachen in kreischendes Gelächter aus.

»Jetzt fehlen dir nur noch ein paar Fleischwunden

im Gesicht, dann ist der Zombielook perfekt!!«, rief Thea.

»Jetzt reicht's, das gibt einen Elternbrief, Thea! Und falls du noch einmal jemanden so anstarren willst, kannst du das beim Rektor persönlich tun!«, schnauzte Herr Bendiksen.

Er kam zu mir herüber.

»Sieh's nicht so tragisch, Anne Bea. Du hast wirklich noch mal Glück gehabt. Stell dir vor, was hätte passieren können, dein ganzes Gesicht könnte von Brandwunden übersät sein. Oder du hättest alle Haare einbüßen können. So ein Pony wächst schnell wieder nach!«

Ich wusste ja, er meinte es gut, aber in dem Augenblick half das nicht viel. In noch nicht mal vier Stunden sollte ich vor sämtlichen Schülern, Lehrern und Eltern der fünften bis siebten Klassen auf der Bühne stehen – und ein Pony wuchs nicht in vier Stunden nach!

»Wenn du möchtest, kannst du nach Schulschluss den ganzen Apfelkuchen mit nach Hause nehmen«, sagte Mari. »Du hast schließlich auch die meisten Äpfel geschnitten.«

Ich brachte keine Antwort heraus.

Jetzt war ich nicht nur ein Freak – ich war auch noch einer ohne Pony!

»Die anderen stimmen mir da bestimmt zu, oder, Nadif?«, sagte Mari.

»Klar«, antwortete er.

»Und du, Nils? Bist du damit einverstanden, dass Anne Bea sich heute Abend einen Apfelkuchen verdient hat?«, fragte Mari.

»Annebi … Anne Bea geht heute nach Schulschluss nicht nach Hause«, sagte er.

Ich sah auf.

»Sie wird beim Talentwettbewerb singen«, sagte Nils und strahlte. »Ihr könnt euch also schon mal auf etwas gefasst machen, das wird der Hit!«

Bevor ich zu Boden ging, hörte ich Thea noch scharf den Atem einziehen.

20 Finstere Blicke

»Anne Beeeeaaa!!«

Ich erstarrte fast zur Salzsäule.

»Komm doch bitte mal kurz her!!«

Ich drehte mich zu Nils um, aber dann fiel mir ein, dass er schon mit meinen Eltern, Kristoffer und Tante Mona in die Sporthalle gegangen war. Johanne und Brittany waren auch schon drinnen. Ich hatte nur noch ein letztes Mal den Text durchlesen wollen, bevor ich ihnen nachging.

Für einen flüchtigen Moment überlegte ich, mich schnell in der Mädchengarderobe zu verstecken. Jetzt gemobbt zu werden, war das Letzte, das ich gebrauchen konnte. Aber ich wusste ja, dass Thea mich schon entdeckt hatte, sonst hätte sie nicht nach mir gerufen. Und bis zum Beginn des Talentwettbewerbs war es nur noch eine Viertelstunde.

Ich räusperte mich kräftig.

Einen anderen Ausweg gab es nicht.

»Da bist du ja«, sagte Thea mit süßlicher Stimme, als ich auf sie zuging.

Die Hände in die Hüften gestemmt und mit schräg gelegtem Kopf stand sie vor der Tür zur Halle. Rechts und links von ihr standen Ronja und Shirin in genau derselben Haltung. Fehlte nur noch Rihanna, die aus der Lautsprecheranlage schallte.

Sie musterte mich abschätzend.

»Drollige Lösung, jetzt fehlt dir nur noch ein Skateboard, dann könntest du glatt als Junge durchgehen, haha!!«

Ich fasste mir an den Kopf.

Ich hatte mich noch immer nicht ganz mit der Lösung angefreundet.

Als ich nach meiner Ohnmacht in der Schulküche wieder zu mir gekommen war, hatten mir meine Stirn und die Kopfhaut so wehgetan, dass Herr Bendiksen ein eiskaltes Küchenhandtuch um meinen Kopf wickeln musste. Das hatte zwar die Schmerzen gebessert, aber nicht mein Aussehen. Fand ich jedenfalls.

Mari und Hanna-Merete allerdings nicht.

»Du könntest heute Abend ja einfach eine coole Mütze tragen«, sagte Mari. »Dann würdest du auf der

Bühne echt trendy aussehen. So ’n bisschen wie Rocker-meets-Skaterstyle.«

»Und niemandem würde auffallen, dass dein Pony fehlt«, stimmte Hanna-Merete ihr zu. »Und der Jury auch nicht.«

Mir blieb sowieso keine richtige Wahl – Mütze oder versengter Skalp. Und obwohl ich nicht gerade der Typ bin, der drinnen mit Mütze rumläuft, wäre die andere Alternative schlimmer gewesen.

Ich zog mir die neue schwarze Mütze tiefer in die Stirn und machte einen Schritt auf die Sporthalle zu. Thea folgte mir.

»Ich bin noch nicht fertig mit dir!«, rief sie. »Ich hab Frau Sandel sagen hören, dass ihr heute Abend irgendetwas aus einem Englischaufsatz spielen wollt?«

Ich sah in die Sporthalle. Frau Sandel stand direkt hinter der Tür und unterhielt sich mit Herrn Poppe aus der Schulbibliothek. Ich war enttäuscht von ihr. Ich hätte nie gedacht, dass sie jemand war, der Geheimnisse verriet. Jedenfalls nicht an so eine Klatschbase wie Thea.

»Also echt, ein Aufsatz?!«, sagte Thea.

Ich konnte noch nicht mal den Mund öffnen, um eine Erklärung zu liefern, da brachen Ronja und Shirin in kreischendes Gelächter aus.

»Für einen Moment dachte ich wirklich, du würdest versuchen, etwas zu reißen und mich herauszufordern«, sagte Thea lachend. »Wie bin ich bloß darauf gekommen?! Als hätte jemand, der einen *Englischaufsatz* singt, überhaupt JEMALS eine Chance!!«

Mir drehte sich der Magen um.

Ich hatte vorgeschlagen, den Song zu spielen, über den ich in meinem Englischaufsatz geschrieben hatte. Das Lied, das mir immer half, wenn ich mich ausgegrenzt fühlte und etwas zur Aufheiterung brauchte. Nils und Tante Mona waren einverstanden gewesen, und es schien, als würde es Johanne und Brittany auch gefallen. Ich hatte sie den Song jedenfalls mehrmals vor sich hin summen gehört.

Aber was, wenn Thea recht hatte?

Was, wenn es total bekloppt war, ein Lied zu spielen, über das ich in einem Aufsatz geschrieben hatte?

Was, wenn ich schief singen oder die anderen falsch spielen würden?

Was, wenn es wie das Weihnachtskonzert in der dritten Klasse enden würde?

Vor über hundert Schülern, Eltern und Lehrern. Vor meinen Eltern, Kristoffer und Tante Mona.

Vor …

»Magnus und ich sind übrigens immer noch zusammen!«, schnappte Ronja. »Und das fester als jemals!!«

»Glaub also nicht, dein Lied wäre für jemand anderen als für dich von Bedeutung«, ätzte Shirin hinterher.

Manchmal denke ich, dass Shirin die Bösartigste von den dreien ist. Sie ist viel cleverer als Thea und Ronja und sieht auch viel besser aus, aber das wagt keiner laut zu sagen, weil Thea trotz allem der Boss der Superzicken und Ronja der zweite Boss ist. Aber falls Shirin eines Tages den Kampf gegen Thea aufnehmen und gewinnen würde, könnte die Mittelstufe noch viel grausiger werden, als ich es mir jetzt ausmalen könnte.

»Aber wir können unsere Zeit nicht mit einem Loser vergeuden, Mädels!«, sagte Thea. »Wir müssen unsere Truppe zusammentrommeln und uns für die Show fertig machen!«

Sie warf ihren blonden Pferdeschwanz zurück und zog auf einer Seite ihren weißen Pulli herunter. Der schwarze Riemen ihres BHs grub sich in die Schulter.

»Schade, dass man dich nie gefragt hat«, grinste Ronja.

»So 'n schwarz gekleideter Albino, der auf der

Bühne auf die Fresse fällt, hätte sich bestimmt gut gemacht.«

Shirin sah mich mit finsterem Blick an.

»Leute wie du dürften überhaupt nicht geboren werden.«

Und mit diesen Worten drehten sie sich auf ihren Ugg-Boots um und marschierten in die Sporthalle.

Kurz darauf erscholl es – das erste Gelächter. Dann noch eines und noch eines, und schließlich lachte sich eine ganze Gruppe in der Halle kaputt.

Auf den Tischen standen nur Kerzen, weshalb ich nichts erkennen konnte. Aber das hatte nichts zu bedeuten – es war nicht schwer zu erraten, dass es um mich gehen musste. Ich war die Einzige, die noch im Flur stand, direkt unter einer Deckenlampe, sodass alle in der Halle sehen konnten, wie mein Blick umherirrte.

Ich glaube fast, dass ich noch nie solchen Schmerz wie in dem Moment verspürt hatte. Und das heißt einiges, denn es gibt so vieles, was mich schon geschmerzt hatte, dass ich aufgehört habe zu zählen.

Es war, als würde alles in meinem Inneren miteinander kollidieren. Und eines sage ich euch: Es mag ja abscheulich sein, keine Luft mehr zu kriegen, weil sich alles in dir zusammenkrampft, aber noch schlimmer ist es, wenn sich alles in rasender Geschwindigkeit zusammenballt.

So wie ich an dem Tag alles Schreckliche vergaß, als Magnus mich anlächelte und mich im Klassenzimmer vor allen ansprach, so vergaß ich jetzt alles Schöne. Was hatte ich mir eigentlich dabei gedacht? Dass ich nur ein Lied singen müsste – und alle anderen würden mich für normal halten? Und Magnus erkennen, dass ich genauso viel wert wäre wie Ronja? Wie blöd kann man eigentlich sein?!

Um nichts auf der Welt würde ich auf diese Bühne steigen!

Um nichts auf der Welt!!

»Jetzt hat der Spaß aber mal ein Ende, Leute«, sagte Herr Poppe. Er stellte sich mit dem Rücken zu mir in den Türrahmen.

»IHR LOSER!!!!!«, hörte man irgendwo in der Halle. »Habt ihr denn noch nie jemanden in Uggs stolpern gesehen?!«

Erst da wurde mir alles klar.

Nicht ich wurde ausgelacht.

Nicht ich!

Ich ging näher zur Tür und lugte in die Sporthalle. Und da sah ich sie.

Thea lag lang auf dem Boden ausgestreckt, unter ihr

Ronja und Shirin. Wie sehr sie auch zogen und zerrten, Theas Haarsträhne saß an Ronjas Ohrring fest und Shirins Gürtelschnalle an Theas BH. Sie schafften es noch nicht einmal aufzustehen!

»HÖRT AUF ZU LACHEN!!!!«, schrie Thea.

»So was nennt man Mobbing, Herr Poppe!!«, keifte Ronja.

»Verflucht, wie kann man nur so kindisch sein!«, rief Shirin.

Es lag wohl daran, dass sie ihre Mobber Loser nannten, dass Herr Poppe ihr Malheur nicht so ganz ernst nahm, denn er ignorierte sie einfach und drehte sich stattdessen zu mir um.

»Alles in Ordnung, Anne Bea?«

Nicht, dass ich eine wahnsinnige Leseratte oder so wäre, aber Nils und ich essen wie gesagt oft unser Pausenbrot in der Schulbibliothek, und dann kommt Herr Poppe fast immer zu uns, um sich ein bisschen mit uns zu unterhalten oder um uns ein Buch zur Ausleihe zu empfehlen. Deshalb habe ich irgendwie das Gefühl, ihn ganz gut zu kennen. Sogar besser als meine Mitschüler und viele meiner Lehrer.

»Alles okay«, presste ich hervor.

»Bist du sicher?«, fragte er nach.

Herr Poppe sagt immer, dass wir eine ungeschriebene Vereinbarung hätten. Er hat mir nämlich erzählt, dass er viel gehänselt wurde, als er in die Schule ging, und dass er sich immer in der Schulbibliothek versteckt hatte, wenn es ihm zu viel wurde.

Ich nickte zur Antwort.

»Na gut. Aber falls Thea und die anderen sich irgendeinen Quatsch einfallen lassen sollten, kommst du gleich zu mir und erzählst es mir, ja? Wir wollen ja nicht, dass sie dich sabotieren, zumindest nicht ausgerechnet heute Abend. Ich freue mich schon so auf euer Lied, dass ich es kaum erwarten kann.«

Ich sah zu ihm hoch.

Er zwinkerte mir zu.

»Frau Sandel hat es mir vorhin gesteckt, weil sie weiß, dass wir beide Freunde sind«, flüsterte er.

Also daher hatte Thea von unserem Lied erfahren! Frau Sandel hatte gar nicht gepetzt, es war Thea gewesen, die Frau Sandel und Herrn Poppe heimlich belauscht hatte, als sie sich miteinander unterhalten hatten!

Ich spähte abermals in die Sporthalle.

»Suchst du Nils?«, fragte Herr Poppe. »Er steht da drüben mit den anderen bei der Bühne. So langsam müssten sie ihren Atem wiedergefunden haben. Ich hatte schon gedacht, sie würden vor Lachen sterben.

Ich muss zugeben, dass ich mir selbst das Lachen selbst nicht ganz verbeißen konnte, als Thea & Co. zu Boden gegangen sind. Aber als Erwachsener muss man sein Lachen ja irgendwie im Zaum halten.«

Jetzt konnte ich sie auch sehen.

Etwa fünf Meter von uns entfernt gegen die Bühne gelehnt stand eine Gruppe von eins – zwei – drei – neun Leuten und heulte vor Lachen.

Drei von ihnen waren schwarz gekleidet. Ein kleiner, schmächtiger Typ, jemand Größeres mit Geige und langen blonden Haaren und jemand noch größeres mit einem Tamburin. Neben ihnen stand ein Junge mit einer Handtrommel und zwei Mädchen in nahezu identischen Röcken. Eine hatte eine Pilzkopffrisur, die andere Locken und einen bandagierten rechten Arm. Ein Stück abseits stand ein Junge mit Harry-Potter-Brille und einer, der sich eine Hand vor das Gesicht hielt. Und ganz am Ende der Reihe, an die Lautsprecheranlage gelehnt, saß ein Mädchen und hüpfte wie ein … wie eine Verrückte im Rollstuhl auf und ab.

Mein Lächeln wurde breiter.

Neben meinen Eltern, Kristoffer und Tante Mona würden mich zumindest neun andere in der Halle nicht ausbuhen, während ich zum Gegenangriff überging:

Nils, Johanne, Brittany, Nadif, Mari, Hanna-Merete, Franz, Birk und Celine. Zehn – elf – zwölf ... insgesamt fünfzehn Leute, einschließlich Frau Sandel und Herrn Poppe!

»Wollen wir reingehen?«

Herr Poppe bot mir seinen Arm.

Ich hakte mich bei ihm unter.

»Vor unserem Entree lass mich aber noch sagen, dass du heute Abend klasse aussiehst, junge Dame«, sagte er mit einem Lächeln.

Ich glättete meinen Rock. Tante Mona hatte ihn mir zu meinem zwölften Geburtstag geschenkt. Er ist schwarz und reicht mir bis zu den Knien, hat Taschen an den Seiten und sitzt wie angegossen. Sie weiß, dass ich eigentlich auf Schwarz stehe, aber mich nicht traue, so in die Schule zu gehen. Ich will mich nicht noch mehr von den anderen abheben, als ich es sowieso schon tue.

Jetzt, aber – jetzt war es an der Zeit, mich kräftig abzuheben!

Nur über meine Leiche würde ich Thea mit ihrem schrecklichen Geplärre davonkommen lassen!

Nur über meine Leiche!!

»Bist du bereit?«, fragte Herr Poppe mich.

Ich sah noch einmal nach, ob die Schnürsenkel an

meinen schwarzen Doc-Martens auch nicht lose waren und überprüfte den Sitz meiner Mütze.

»Bereit!«, rief ich.

Heute Abend würde ich's Thea zeigen. Und Ronja. Und Shirin. Und allen anderen Fieslingen der siebten Klasse.

Heute Abend würde ich zurückschlagen und einen Putschversuch wagen!!

21 Seid ihr bereit?

»In wenigen Minuten geht die Show los, Leute!«

Herr Holst betrat mit einem Mikrofon die Bühne.

Er hatte seine braunen Cordsamthosen gegen schwarze Anzughosen getauscht, trug sie aber genauso weit hochgezogen wie immer. Ein weißes Hemd war hineingesteckt, darüber baumelte ein hellblauer Schlips.

Er schirmte mit der Hand seine Augen ab und sah in die Halle.

»Was für ein Publikumsandrang! Das muss in der langen Geschichte des Wettbewerbs ein Besucherrekord sein!«

Das war nicht ironisch gemeint, die Sporthalle platzte aus allen Nähten. Schüler, Lehrer und Familienangehörige saßen dicht an dicht an kleinen Tischen und auf Bänken an einer Längswand. Selbst auf dem Boden saßen überall Leute. Thea, Ronja und

Shirin hockten mit Magnus, Felix, Aksel und dem Rest der Topliga aus der Siebten vor der Bühne.

Ich stand. Als Herr Poppe und ich hereingekommen waren, waren schon alle Sitzplätze belegt gewesen. Also hatten wir und der Rest unserer Truppe sich so weit vorne wie möglich in der Halle an die Sprossenwand gestellt. Ich war der Bühne am nächsten, sodass ich sehen konnte, wer darauf stand. Hinter mir waren Nils, Johanne, Brittany, Mari, Celine, Herr Poppe und Frau Sandel. Franz und Birk waren die Sprossenwand hochgeklettert und hingen über uns, was ihnen eine super Sicht auf die Bühne bot.

»Aber bevor wir den ersten Teilnehmer des Abends auf die Bühne holen, lasst mich die diesjährige Jury präsentieren!«, rief Herr Holst ins Mikro.

Er trat an den Bühnenrand, sah über seinen Sitzsackbauch und einen Meter tiefer. Dort stand ein länglicher Tisch, an dem vier Gestalten saßen, die uns den Rücken zudrehten.

»Wir fangen mit dem Vertreter der Lehrerschaft in der Jury an«, sagte er. »Ganz links von mir – unser junger und tempoliebender Vertretungslehrer in Sozialkunde: PK Larsen!«

Herr Larsen drehte sich auf dem Stuhl um und winkte dem Publikum zu.

Hinter ihm konnte ich Thea, Ronja und Shirin auf dem Fußboden johlen hören.

»Die Elternvertreterin ist die Mutter eines unserer fleißigsten Schüler, Nadif Akhtar«, fuhr Herr Holst fort. »Es würde mich nicht wundern, wenn er eines Tages in ihre Juristenfußspuren treten würde. Einen herzlichen Applaus für Sadia Akhtar!«

Nadifs Mutter drehte sich um und lächelte, als in der Halle lauter Applaus zu hören war.

»Schließlich: unsere beiden Schülerjurymitglieder! Wir fangen mit dem Jungen mir gegenüber an. Er geht in die 7B, spielt unzählige Instrumente und hat im letzten Jahr eine ergreifende Version von Lady Gagas *Pokerface* auf der Ziehharmonika zum Besten gegeben. Die Rede ist natürlich von Torfinn Vikingstad!«

Torfinn erhob sich vom Stuhl und verbeugte sich tief vor dem Publikum. Er trug einen blau-weiß-karierten Anzug und eine gelb-rot-gepunktete Fliege um den Hals. Ich hätte es nicht für möglich gehalten, aber die Tracht hatte ihm sogar besser gestanden.

»Der zweite und letzte Schülervertreter stammt ebenfalls aus der siebten Klasse.«

Ich versuchte, die vierte Person in der Jury zu erkennen.

Ich konnte nur ihren Hinterkopf sehen, aber das reichte schon. Keines der Mädchen aus der 7A hat kurze schwarze Haare. Sie musste auch aus der 7B sein.

»Sie ist ein kleines Schlitzohr, aber vor allem das größte Maltalent der 7A.«

Das konnte nicht stimmen.

Das einzige Mädchen, auf das diese Beschreibung zutraf, war schließlich …

»Hanna-Merete Møller!«

Das Mädchen am Jurytisch stand auf und riss sich die schwarze Perücke herunter. Im nächsten Moment verschwand auch die Bandage um ihren rechten Arm.

Die ganze Halle schnappte nach Luft.

Wir an der Sprossenwand auch.

Vor sieben Minuten hatte Hanna-Merete noch gesagt, dass sie kurz aufs Klo müsste. Ich hatte nicht richtig darüber nachgedacht, warum sie nicht wiedergekommen war, sondern angenommen, sie hätte anderswo einen besseren Platz gefunden. Es war mir auch nicht aufgefallen, dass sie sich an den Tisch der Jury gesetzt hatte. Aber das war ja auch nicht weiter verwunderlich – sie hatte schließlich eine Perücke getragen!

»Du hast beschlossen, heute Abend in Verkleidung

zu erscheinen, Hanna-Merete«, sagte Herr Holst vom Bühnenrand aus. Kannst du uns erklären, weshalb?«

Er beugte sich vor und hielt ihr das Mikrofon hin.

»Das kann ich«, erwiderte sie. »Alle behaupten, dass es unmöglich wäre, aber ich wollte beweisen, dass es tatsächlich geht, die Identität eines Jurymitglieds bis zuletzt geheim zu halten.«

»Und, ist es das? Ist es möglich?«

»Sie können ja mal meine beste Freundin Mari fragen. Ich bin mir ziemlich sicher, dass noch nicht einmal sie etwas geahnt hat.«

Herr Holst richtete sich wieder auf.

»Was sagst du dazu, Mari? Wo in der Halle steckst du? Ach, da. Hast du zu irgendeinem Zeitpunkt geahnt, dass Hanna-Merete in diesem Jahr in der Jury sitzt?«

Alle drehten sich zu ihr um.

»N-n-nein«, stammelte Mari. »Das kam jetzt ziemlich plötzlich.«

Ich war mir ziemlich sicher, dass sie die Wahrheit sagte. Sie wirkte ebenso überrascht wie wir alle.

Aber sie musste auch ganz schön beeindruckt sein, ich zumindest war es – Hanna-Merete hatte nicht nur die Klappe halten können, sie hatte es auch geschafft, nicht an Theas Tanzshow teilzunehmen, ohne dass jemand Verdacht geschöpft hatte. Hätte sie abgelehnt mitzutanzen, hätten alle gewusst, dass sie gebeten worden war, Jurymitglied zu sein. Ein verstauchter Arm war das perfekte Alibi gewesen! Vor allem für jemanden wie Hanna-Merete, der nicht gut lügen konnte.

Es sei denn …

Ich musste an ihre ganzen unglaubwürdigen Knutschgeschichten der letzten Zeit denken. Ob sie die vielleicht … absichtlich erfunden hatte? Um die Aufmerksamkeit von ihrem verletzten Arm und dem Talentwettbewerb abzulenken und davon, dass sie nicht mittanzen würde? War das vielleicht ein taktischer Schachzug von ihr gewesen, hatte sie sich Theas ätzenden Kommentaren bewusst ausgesetzt, um ihre Identität als Jurymitglied geheim zu halten?

Ich sah zu dem Tisch, an dem die Jury saß.

Plötzlich hatte ich großen Respekt vor Hanna-Merete.

»Damit ist es bewiesen! Es ist tatsächlich möglich, die Identität als Jurymitglied bis zuletzt nicht zu lüften«, bemerkte Herr Holst. »Denkt daran, wenn ihr im nächsten Jahr in der Jury sitzen solltet!«

Hanna-Merete fuhr sich durch ihre feuerroten Locken und setzte sich wieder. Sie war bereit für ihre Aufgabe.

Ich tauschte einen Blick mit Nils und Johanne.

Sie lächelten mir zu.

Mit Hanna-Merete in der Jury schienen die Chancen im Wettbewerb ausgewogener verteilt zu sein, als wir gedacht hatten. Herr Larsen würde die höchste Punktzahl wahrscheinlich an Theas Tanzshow vergeben, aber wir hofften, dass Nadifs Mutter auf unserer Seite stehen würde. Nadif hatte ihr jedenfalls eingebläut, dass sie uns ganz viele Punkte geben müsste. Und das, obwohl er selbst teilnahm!

Wir konnten natürlich nicht sicher sein, dass Hanna-Merete uns die Höchstpunktzahl geben würde, aber ich hatte mehr Vertrauen in sie als in Torfinn. Obwohl Thea im letzten Jahr supersauer auf ihn gewesen war, als er sie im Talentwettbewerb übertrumpft hatte, gehörte er zu den Jungs, die am längsten in der Verliebt-in-Thea-Phase gesteckt hatten. Vielleicht nicht ganz so schlimm wie Aksel, aber ich hatte den Verdacht, dass er sich immer noch vorstellen könnte, ein paar Tage mit ihr zu gehen.

»Zuletzt noch ein Schnelldurchgang der Regeln«, sagte Herr Holst. »Wie immer treten die Teilnehmer nacheinander an und tragen ihre Beiträge vor. Alle haben bei ihrer Ankunft eine Übersicht über die Auftrittsreihenfolge bekommen, ihr wisst also, wann ihr an der Reihe seid. Während des Auftritts notieren die Jurymitglieder heimlich ihre Punkte. Eins ist die kleinste Punktzahl, fünf die höchste. Keiner der Teilnehmer erfährt, wie viele Punkte errungen wurden, bis wir ganz am Ende das Ergebnis bekannt geben.«

Herr Holst zog seine Anzughosen noch weiter hoch und schnallte seinen Gürtel enger, bevor er den Blick wieder über das Publikum schweifen ließ.

»Nachdem alle Teilnehmer aufgetreten sind, gibt es eine Pause, in der die Jury ihre Punkte addiert. Die höchste Punktsumme, die ein Teilnehmer maximal erzielen kann, liegt bei viermal fünf Punkten, also zwanzig Punkten. Nach der Pause wird der Gewinner gekürt. Die Jury gibt die fünf Teilnehmer mit der höchsten Punktsumme bekannt. Der Teilnehmer mit der höchsten Gesamtpunktzahl ist der Gesamtsieger.«

Zwanzig Punkte.

Davon konnten wir nur träumen. Diese Zahl war so gut wie unerreichbar, sie war noch nie in der fünfjährigen Geschichte des Talentwettbewerbs vergeben worden. Die beiden Breakdancer, die letztes Jahr gewonnen hatten, hatten fünfzehn Punkte geholt, und das war ein neuer Rekord gewesen.

»Hast du noch einmal den Zettel mit der Reihenfolge zur Hand?«, flüsterte Johanne mir zu.

Ich durchsuchte die Taschen meines Rocks.

»Hier, behalt es ruhig«, sagte ich und reichte ihr ein gefaltetes Blatt.

Ich konnte sie schon auswendig.

Insgesamt hatten sich zehn Teilnehmer gemeldet und wir waren als Letzte an der Reihe. Gleich nach unserem größten Konkurrenten – *Fuck Justin featuring Thea & the 7A Dance Company*.

»Seid ihr bereit?«

Herr Holst ließ seinen Blick erneut über das Publikum wandern.

»Jaaaa«, schrie die ganze Halle.

»Ich hab euch nicht verstanden«, sagte er. »Seid ihr bereit, habe ich gefragt!«

»JAAAAAAAAAAAAAAAAAAAAAAA!!«

»Jawoll, ja! Dann kann es losgehen! Da bleibt mir nur noch, von der Bühne zu gehen und denjenigen Platz zu machen, denen sie heute Abend gehört. Aber bevor ich gehe, will ich dem ersten Teilnehmer des Abends das Mikrofon überreichen. Seine Mutter hat mir versichert, dass sie zu hundert Prozent unparteiisch sein wird, obwohl sie in der Jury sitzt. Hier ist er, an der Handtrommel *tabla*, mit einem Lied, das er von seinem

Opa aus dem Blumengeschäft im Einkaufszentrum gelernt hat: Nadif Akhtar!«

Unsere ganze Sprossenwand applaudierte wie wild, als Nadif lächelnd auf der Bühne erschien.

22 We found love

»Damit kommen wir nun zum vorletzten Teilnehmer des Abends!«

Herr Holst hatte sich den Schlips über die Schulter geworfen, während die Startnummer acht, ein Mädchen aus der 5A, Querflöte gespielt hatte.

»Aber was heißt schon Teilnehmer – sprechen wir lieber von einer ganzen Teilnehmerschar!«, rief er. »Bisher hatten wir ja Solisten auf dem Zettel, aber wir beschließen den Abend mit zwei Bands, die sich aus Schülern der siebten Klassen zusammensetzen. Die erste wartet schon darauf, die Bühne betreten zu können. Aksel Eldøen, Felix Rød-Bruun und Magnus Liestøl spielen seit dem Sommer zusammen und haben für diesen Anlass die junge Thea Magnussen als Frontfrau für sich gewinnen können. Sie treten darüber hinaus mit einer Tanztruppe an, die – was soll ich sagen – dem Musikerlebnis zusätzliche Resonanz verleihen wird. Seid ihr bereit, Jungs? Die Gitarren gestimmt und die Trommelstöcke parat? Sie nicken! Klatscht in die Hände, Leute, und spendet *Fuck Justin featuring Thea & the 7A Dance Company* einen kräftigen Applaus!«

Mein Herz schlug mir bis zum Hals, als Magnus und die anderen auf die Bühne kamen. Bald lag es mir auf der Zunge, und ich schrie so laut, dass Nils neben mir vor Schreck zusammenzuckte.

»GIVE ME SOME LOVE!!!!«, brüllte Thea ins Publikum, nachdem sie Herrn Holst das Mikro entrissen hatte.

Die ganze Halle johlte.

»Wie ihr alle wisst, heiße ich Thea, und ich werde in den nächsten fünf Minuten für euch singen!!«

Mir lief ein Schauer über den Rücken.

Hinter ihr lächelte Aksel verliebt und machte jene Hüftbewegung, die er immer macht, wenn Thea in der Nähe ist. Obwohl sie ihn ihren Stalker nennt und mit all seinen Freunden, nur nicht mit ihm gegangen ist, hat er nie die Hoffnung aufgegeben, dass sie ihn eines Tages erhört.

»Ich habe keine Zeit, euch alle Tänzerinnen vorzustellen, also präsentiere ich nur die wichtigsten: Ronja Wold und Shirin Amiri!!«, rief Thea in die Halle.

Ronja und Shirin winkten dem Publikum in Jeansshorts und weißen Achselshirts zu. Die anderen Mädchen hinter ihnen waren alle gleich gekleidet und hatten einen Pferdeschwanz, bis auf Mari mit ihrer Pilzkopffrisur.

»Wir spielen einen meiner absoluten Lieblingssongs«, rief Thea. »Er handelt davon, dass man selbst an den Orten, wo man es am wenigsten erwartet, zum Beispiel in der Schule, die Liebe finden kann. Er ist für dich, Felix, mon amour: *WE FOUND LOVE* VON RIHANNA!!!!«

Felix konnte gerade noch von seiner Gitarre aufsehen, als Aksel auch schon »Eins – zwei – drei – vier!« rief.

Tu-tu-tu TUTUTU –

Alle Mädchen in der Bühne fingen an, im Takt zu wippen.

– tu-tu-tu TUTUTU –

Felix lieferte ein respektables Gitarrenintro.

– tu-tu-tu TUTUTU –

Aber gleich war Thea an der Reihe.

– tu-tu-tu TUTUTU –

Sie hob das Mikrofon an die Lippen.

– tu-tu-tu!

»JELLO DAIMENS IN THE LAIT!!!!«

Ach du Scheiße!

»ÄND WIR STÄNDING SAID BAI SAID!!!!«

Thea verfehlte den richtigen Ton schon bei *yellow*, sang *diamonds* schief, lag bei *light* mindestens fünf Töne zu hoch, und als *side by side* kam, schrie sie die Worte nur noch wie ein Gorilla mit Bauchweh und eingeklemmtem Fuß heraus.

Ich sah Magnus hinter dem Schlagzeug die Augenbrauen heben und Felix hatte völlig den Drive verloren. Er fingerte an seiner Gitarre herum und sah überall hin, nur nicht zu Thea. Aber sie hatten ja keine andere Wahl. Sie mussten das Beste aus der Situation machen.

Und das taten sie auch.

Als Magnus die Schlagzeugstöcke nahm und die Mädchen den rechten Arm hoben, besserte sich die Lage entschieden. Bald ging Theas Gekreische in einer explosiven Tanzshow unter. Die Mädchen sprangen auf der Bühne umher, wippten mit den Hüften, beugten sie vor und streckten ihre Hintern dem Publikum entgegen.

Aksel hielt den Rhythmus am Bass und Felix war viel besser, als wenn er allein in seinem Zimmer Justin Bieber spielte. Ganz zu schweigen von Magnus, er war supergut! Er wechselte zwischen verschiedenen

Trommeln hin und her und hämmerte auf die Becken ein, dass die Wände klangen.

Das Publikum ertrank in Beats, Rhythmen und wippenden Pferdeschwänzen. Alle, die auf dem Fußboden gesessen hatten, standen auf und tanzten, die Leute in der Halle klatschten und johlten im Takt. Das war zweifellos der beste Beitrag bisher. Sogar *ich* vergaß, wie katastrophal Thea sang!

»Wie sollen wir das nur toppen?«, sagte Johanne.

Mir fiel keine gute Antwort darauf ein. Mein Mund war ganz trocken.

»Wir müssen trotzdem langsam zur Bühne gehen, in ein paar Minuten sind wir dran«, erinnerte uns Nils.

Inzwischen war ich von Kopf bis Fuß wie erstarrt, ich spürte kaum noch mein Herz klopfen.

Ich schaute zum Wartebereich rechts von der Bühne.

»Tante Mona ist schon da, sie steht da schon, seit *Fuck Justin* zu spielen begonnen hat«, flüsterte Nils.

»Okay, are you guys ready?«, fragte Brittany.

Wir stießen uns von der Sprossenwand ab und zogen unsere schwarzen Pulswärmer zurecht. Mama hatte uns vier Paar gestrickt, nachdem ich sie nach der ersten Probe im Hobbykeller bei ihr in Auftrag gegeben hatte.

»Hals und Beinbruch«, wünschten uns Herr Poppe und Frau Sandel mit einem Lächeln.

Franz und Birk hielten über uns an der Sprossenwand den Daumen hoch und Celine lächelte und winkte mit beiden Händen.

Ich schaffte es kaum, ihr Lächeln zu erwidern. Meine Unterlippe zitterte so stark, dass ich das Gefühl hatte, sie könnte jeden Moment abfallen. Und als ich den Mund aufmachte, wurde es nur noch schlimmer.

Es kam nämlich nichts als *Pffffff! Krääääächz! Hust! Räusper! Hust! PFFFFT!* heraus.

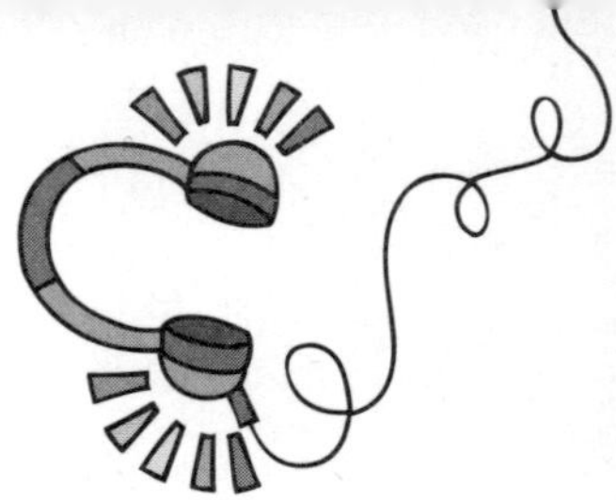

23 Im Verborgenen

»Vielen Dank an *Fuck Justin* & Co., was für eine Show!«, rief Herr Holst von der Bühne.

Er kickte ein paar leere Wasserflaschen beiseite. Sie gehörten Thea. Am Ende des Songs hatte sie deren kompletten Inhalt über sich ausgegossen. Ihr schwarzer BH zeichnete sich unter ihrem weißen Pulli ab, als sie die Arme in die Luft warf und zum Abschluss ein »YEEEEEAH!« hören ließ.

»Jetzt dauert es nicht mehr lange und die letzten Teilnehmer des Abends kommen auf die Bühne«, kündigte Herr Holst an. »Wir müssen hier nur kurz umbauen. Ingrid?«

Er lächelte auffordernd zum Lehrertisch hinunter.

Ingrid?

Zwei Sekunden später sauste Stahlfaust an Nils, Johanne, Brittany, Tante Mona und mir vorbei. Auf der Bühne krempelte sie ihre Blusenärmel hoch und entblößte ein paar Muckis, die Herrn Holst ein breites Lächeln entlockten.

Ingrid?!

Und schon waren Magnus, Herr Holst und Stahlf… Frau Kleppe dabei, das Schlagzeug an den Bühnenrand zu ziehen, während Felix und Aksel ihre Verstärker raustrugen.

»So, Leute, Zeit für die letzte Motivationsrunde.«

Tante Mona scharte uns in einem Halbkreis um sich.

»Jetzt ist er da, der große Moment. Die Mission Taco ist in ihrer letzten, entscheidenden Phase. Jetzt kommt's drauf an.«

Sie wollte uns während des ganzen Lieds von der Seitenlinie aus zusehen. Falls einer von uns sich währenddessen fragen würde, wann sein Einsatz wäre, bräuchte man sie nur anzusehen und sie würde ein entsprechendes Zeichen geben.

»Nils und Johanne, ihr seid sicher an euren Instrumenten, ihr wisst, was ihr tun müsst und werdet auf der Bühne maßgeblich den Takt angeben. Du auch, Brittany. Du hast ein tolles Taktgefühl, ganz zu schweigen von deinem Killerinstinkt! Und du kannst den Song in- und auswendig und singst wie ein Engel, Anne Bea. Das wird super laufen!«

Die anderen lächelten.

Ich hustete ein *Pfffft* hervor.

»Jetzt fehlen nur noch die Instrumente«, sagte Tante Mona. »Ich habe sie hinter der Bühne im Ballraum deponiert. Nils, Herr Holst hilft dir dabei, das Keyboard zu tragen.«

Als die anderen lostrabten, blieb ich schwankend stehen. Meine Beine zitterten, meine Schultern bebten. Hatte ich vorher schon Schiss gehabt, so war das *nicht annähernd* damit vergleichbar, unter welchen Todesqualen ich jetzt litt!

»Hab keine Angst, Anne Bea«, sagte Tante Mona.

Ihr musste meine grüne Gesichtsfarbe aufgefallen sein.

»Hör zu, was hab ich euch gerade gesagt? Vergiss es. Diese Sache hier wird nicht nur super laufen – sie wird megafantastisch laufen! Du wirst es ihnen heute Abend nicht nur heimzahlen, du wirst Thea und alle anderen Teilnehmer in Grund und Boden rammen!«

Ich war kurz davor, mich auf ihre Schuhe zu übergeben.

»Deine Stimme ist sagenhaft, Anne Bea. *Absolut sagenhaft*, weißt du? Und ich schwöre, dass ist das nicht nur sage, weil ich deine Tante bin!«

Ich schluckte.

Denn was nützte es schon, wenn ich sagenhaft sang?

Schließlich hatte ich meine Stimme verloren!

»So, und jetzt ist die Bühne umgebaut und bereit für den nächsten Act«, sagte Herr Holst, ans Publikum gewandt.

»Mit einer ehemaligen norwegischen Meisterin im Kugelstoßen im Lehrkörper ist das ja auch ein Klacks!«

Er applaudierte Stahlf … Frau Kleppe, die die Bühne verließ.

Sie ließ in Erwiderung noch einmal die Armmuskeln spielen.

»Aber bevor ich den letzten Teilnehmer des Abends auf die Bühne bitte, möchte ich Sie darum bitten, etwas Ungewöhnliches tun zu dürfen«, sagte Herr Holst.

Ich sah mich nervös um.

Etwas Ungewöhnliches?

Als wäre ich nicht schon ungewöhnlich genug!

Dieser Abend wurde ja immer schlimmer!

»Ich möchte daran erinnern, dass nicht ich heute Abend die Punkte vergebe, sondern die Jury«, fuhr er fort. »Das, was ich nun sage, wird also in keiner Weise das Ergebnis beeinflussen. Es ist einfach nur eine begeisterte Würdigung eines gerührten Moderators … Eine Würdigung dessen, etwas im Leben zu wagen. Zu wagen, man selbst zu sein, auch wenn andere uns weismachen wollen, dass wir sowieso nie etwas erreichen werden. Es zu wagen, der oder die zu sein, die wir sind, auch wenn andere uns für doof halten. Es ist auch eine Würdigung der Freundschaft. Der Freunde, die immer da sind, die in jeder Lage zu uns stehen.«

Herr Holst führte seinen Schlips zum Auge, bevor er seinen Blick wieder über die Halle schweifen ließ.

»Und jetzt möchte ich das gesamte Publikum darum bitten, sich zu erheben. Na los, Leute! Den Hintern hoch, alle Mann!«

Und alle standen auf, jedenfalls alle, die ich sehen konnte.

Ich hörte die Zuhörer um mich herum gespannt murmeln.

»Wir werden den Abend nämlich mit einer Band beschließen, auf deren Auftritt ich mich schon freue, seit ich von einer ehemaligen Schülerin davon erfahren habe.«

Tante Mona ergriff meine Hand und drückte sie.

Ich sah zu ihr hoch.

Sie zwinkerte mir zu.

»Wir sprechen von einer Band, die im Verborgenen operiert hat«, sagte Herr Holst. »Eine Band, deren vier Mitglieder außergewöhnliche Begabungen auf ihrem jeweiligen Gebiet mitbringen. Eine Band, die ihre Kräfte nur für heute Abend gebündelt hat, um Ihnen ein Musikerlebnis zu bescheren, das Sie nicht vergessen werden.«

Ich hörte jemanden neben mir ein hochzufriedenes Geräusch von sich geben.

Und da kam schon Brittany mit dem Tamburin an. Direkt hinter ihr ging Johanne, die Geige in der Hand, und zuletzt Nils in seinem guten Anzug und mit nach allen Seiten abstehenden Haaren.

Meine Band.

Sie hätten in der letzten Woche viele Ausflüchte vorbringen können, um sich vor der Teilnahme zu drücken. Johanne hätte es auf ihre Mutter schieben können. Brittany hätte es auf mich und Nils schieben und zischen können, dass sie nicht mit zwei so uncoolen Blödies auftreten wolle. Sogar Nils hätte eine Entschuldigung finden können. Auch er hatte immerhin jede Menge extra Ärger am Hals gehabt, nachdem ich gegenüber den Superzicken Thea, Ronja und Shirin laut geworden war.

Aber sie hatten keinen Rückzieher gemacht. Sie hatten mich nicht im Stich gelassen. Jetzt standen sie dicht neben mir und freuten sich, auf die Bühne zu gehen. Sie dachten, dass alles gut gehen würde, dass wir es schaffen würden.

Ich zitterte von Kopf bis Fuß.

Sie dachten, dass *ich* es schaffen würde.

Ich richtete mich auf, so wie meine Mutter es mir immer sagte. Auf einmal spürte ich mein Herz weiter werden. Es nahm wieder tastend Raum ein, und auch mein Brustkorb weitete sich, sodass ich wieder Luft bekam.

»Hallo, seid ihr bereit?«, flüsterte Herr Holst uns von der Bühne aus zu.

Ich sah meine Band an.

Alle drei lächelten und nickten.

»Verehrtes Publikum!«, schmetterte Herr Holst in die Halle hinein. »Es ist mir eine große Ehre, den letzten Teilnehmer des Talentwettbewerbs auf der Bühne begrüßen zu dürfen. Lassen Sie mich Ihnen die Bandmitglieder vorstellen: Am Tamburin, direkt aus den USA – Brittany Peters! An der Geige, eine klassische Musikerin von Rang und Namen – Johanne Sandvold Eriksen! Am Keyboard ein besonders guter Freund und Ehrenmann – Nils Nygren! Und last but not least, am Mikrofon ein Mathe-As voller Humor und die ehemalige Starsolistin des Kinderchores – Anne Bea Vik!«

In dem Moment hätte ich Herrn Holst an mein Herz drücken können.

Apropos Herz: mein Herz sang. Es lachte und hüpfte

in mir, mein Brustkorb dehnte sich, füllte sich mit Luft!

»Hoch die Hände, alle Mann, für Standing Ovations, die ihresgleichen suchen«, rief Herr Holst. »Denn hier kommt sie, die Band mit dem treffenden Namen *DARK HORSE*!!«

Als ich mit Nils, Johanne und Brittany die Bühne betrat, fühlte ich mich so leicht, dass ich beinahe schwebte.

24 Die Überraschung des Jahres

Ich werde nicht ins Detail gehen, aber Folgendes ist passiert:

Als ich mich vor das Mikro stellte, wurde ich zuerst von den Scheinwerfern geblendet. Sie waren direkt auf mich gerichtet und bissen mir ins Gesicht, es war beinahe so, als steckte ich wieder im Backofen in der Schulküche. Ich musste blinzeln, meine Pupillen irrten umher, mein Atem kam wieder abgehackt und meine Finger zitterten.

Zum Glück erkannten Tante Mona und Herr Holst die Zeichen. Aus dem Augenwinkel bemerkte ich, wie sie neben der Bühne auf- und absprangen und mit den Armen wedelten, um jemandem am Ende der Halle etwas zu signalisieren. Gleich darauf wurde die Sporthalle nur noch von den Kerzen auf den Tischen erhellt und ich sah nur noch kleine, sanfte Lichtkreise.

Plötzlich war die Halle ein Sternenhimmel, der mich emporhob, statt mich dem Rampenlicht auszusetzen.

Hätten Thea, Ronja und Shirin in dem Moment einen fiesen Kommentar in meine Richtung abgegeben, hätte ich ihn sofort erwidert. Glaube ich jedenfalls. Das werde ich aber nie erfahren, denn in der Halle war es mucksmäuschenstill, als ich meinen Blick über sie schweifen ließ und sagte:

»Hallo, zusammen! Wir sind *Dark Horse* und werden unsere Version von Elton Johns *Your Song* spielen.«

Und dann hörte ich auch schon Johanne den Einsatz geben:

»Und eins! Und zwei! Und eins – zwei – drei – vier!«

Als Nils das Intro spielte, schien es mir fast, als würde ich mich von außen sehen. Ein Mädchen in schwarzer Kleidung mit weißer Haut, einer Mütze und etwas zu dicken Brillengläsern, das von einem Meer leuchtender Sterne umgeben war. Ich spürte die Last von meinen Schultern abfallen, spürte, wie meine Augen zur Ruhe kamen.

Und dann hörte ich sie.

Die innere Stimme war so laut, dass ich dachte, alle in der Halle müssten sie hören können, gleichzeitig wusste ich, dass sie nur mir galt. Sie kam von einem Ort aus meinem tiefsten Inneren, von dem neuen

Raum dort drinnen, der immer größer wurde und sich immer mehr ausdehnte.

Atme tief ein, sagte die Stimme. *So, ja. Gut.*

Ehrlich? Haben das wirklich nur Anne Bea und ich bemerkt? Eine bessere Tochter als dich könnten Papa und ich uns auf der ganzen Welt nicht vorstellen, vergiss das nie.

Du bist Anne Bea, die zauberhafteste, amüsanteste und cleverste Zwölfjährige, die ich kenne.

Wow, Anne Bea, wie du singen kannst! An dir ist ja eine Opernsängerin verloren gegangen!

Anne Bea kann singen, als wäre ein Engel in der Leitung.

Du hattest schließlich die beste Stimme im Kinderchor.

Ihr könnt euch also schon mal auf etwas gefasst machen, das wird der Hit!

Absolut sagenhaft, weißt du?

Und am Mikrofon ein Mathe-As voller Humor und die ehemalige Starsolistin des Kinderchors: Anne Bea Vik!

Ich atmete tief ein und begann, in Gedanken rückwärtszuzählen.

Fünf. Vier. Drei – zwei – eins – und …

… und dann tat ich es: Ich sang!

Luftblasen tanzten in meiner Luftröhre hoch und kamen als *La-La-La-La-La-La-LA-LA-LA-LA-LA-LA-LA-LAAAAA!* aus meinem Mund.

Ich sang, ohne dass Thea oder jemand anderes mich

unterbrach, ohne dass meine Stimme *Pffft* machte, krächzte oder ich hustete. Ohne dass ich rot wurde oder Töne verfehlte. Es war fast so wie an dem Tag im Kindergarten, als ich feststellte, dass ich singen konnte, nur viel, viel besser!

Und Brittany – Brittany setzte genau an der richtigen Stelle ein. Sie hielt nicht nur den Takt, sondern improvisierte zusätzlich, was den Song noch runder machte. Sie stand der Drum-Maschine von Nils Keyboard kaum nach!

Als Johanne einsetzte, fiel mir zum ersten Mal auf, wie sie auf der Bühne aussah. Und ich konnte kaum glauben, dass Nils gesagt hatte, dass sie dabei immer so wirkte, als müsse sie sich übergeben. Dieser Gedanke wäre mir nie gekommen, denn sie strahlte, wann immer sie den Bogen ansetzte. So gut, wie in dem Moment, hatte ich sie noch nie spielen hören und das heißt bei ihr etwas!

Nils benahm sich völlig souverän. Er machte so eine gute Show, dass einige Eltern an den kleinen Tischen vor der Bühne mehrmals begeistert applaudierten, obwohl das Lied noch nicht mal zu Ende war!

Während ich sang, war mir die ganze Zeit bewusst, dass Magnus mich ansah.

Ich hatte kurz zu ihm hinübergeschielt, bevor

Johanne den Einsatz vorgab. Eigentlich ganz zufällig, ich ließ meinen Blick nur über die Halle schweifen. Gleichzeitig hatte ich aber schon irgendwie in die Richtung geschaut, in der er saß, zum Raum vor der Bühne. So zufällig war es dann vielleicht doch nicht.

Ich hatte allerdings nicht damit gerechnet, dass er meinen Blick erwidern würde. Aber das tat er. Und jedes Mal, wenn ich wieder in seine Richtung sah, trafen sich unsere Blicke. Obwohl es nicht ganz einfach ist, meinen Blick einzufangen, schaffte er es. Einmal, zweimal, dreimal, viermal … immer und immer wieder!

Ich hatte noch nie so gut gesungen wie an dem Abend.

Und das sage ich nicht nur, weil sich meine Eltern, Kristoffer und Tante Mona anschließend lautstark darin übertrafen, mir das zu beteuern. Oder weil Mari, Nadif, Celine, Birk, Franz, Herr Poppe und Frau Larsen uns von der Sprossenwand aus zujubelten. Ich merkte es an den Reaktionen der ganzen Halle. Als wir fertig waren, entlud sich nämlich ein wahres Feuerwerk von Applaus und stieg in den Sternenhimmel! Das Publikum klatschte so ausgelassen, dass die Wände wackelten, es schrie so laut, dass das Dach fast abhob!

»Hat man so was schon gehört!«

Herr Holst kam auf die Bühne gelaufen.

»Was hab ich gesagt! Welch eine Stimme! Welch eine Band! Welch ein Song! Welch ein Erlebnis!«

Ich hörte ihm an, dass er das nicht ironisch meinte. So gut kenne ich ihn.

»Das war sogar noch besser, als ich erwartet hatte! Und ich hatte haushohe Erwartungen! Du lieber Himmel! Nun denn – jetzt gibt es also eine kurze Pause, während die Jury ihre Punkte zusammenzählt. Gehen Sie einen Moment an die Luft, machen Sie sich frisch, kaufen Sie sich eine oder auch zwei Limos. Aber davor lasst sie noch einmal unseren Applaus hören! Die Überraschung des Jahres – *Dark Horse*!«

Ich sah Johanne an, die mir am nächsten stand. Sie erwiderte mein Lächeln wie unter Schock, und als wir uns zu Nils und Brittany umdrehten, starrten die nur wie zwei Irre vor sich hin.

Ich glaube, man konnte sagen, dass wir es ihnen gezeigt hatten.

25 PS

Das Lied war übrigens nicht Magnus gewidmet, falls ihr das dachtet.

Obwohl – irgendwie auch. In dem Moment.

Doch auch, wenn der Song von Verliebtheit und Liebe und so handelt, dachte ich nicht an Magnus, wenn ich ihn hörte. Der Grund, weshalb ich über *Your Song* im Englischaufsatz geschrieben hatte, der Grund, weshalb ich ihn im Talentwettbewerb singen wollte, der Grund, weshalb ich ihn jedes Mal hörte, wenn ich mich allein fühlte und etwas brauchte, das mich wieder aufmunterte, war, dass er mir bewusst machte, was für ein Glück ich trotz allem hatte.

An dem Tag, als Johanne mich das erste Mal zu Hause besucht hatte, da kannte Tante Mona wohl den Grund. Ich wäre beinahe in die Küche gerannt, als sie meine Mutter fragte, ob ich wohl wüsste, was für ein Glück ich mit Nils hatte.

Und ob ich das weiß!, hätte ich am liebsten gerufen. Und ob ich wusste, was ich an Nils hatte!

Ohne ihn hätte ich mit niemandem in Sozialkunde eine Gruppe bilden können.

Ohne ihn hätte ich nicht mindestens einmal am Tag einen Lachkrampf gehabt.

Ohne ihn hätte ich niemanden, mit dem ich gemeinsam Hausaufgaben machen könnte.

Ohne ihn wäre niemand zu meinen Geburtstagsfeiern gekommen.

Ohne ihn hätte ich mich nie getraut, ich zu sein, so zu sein, wie ich wirklich bin.

Ohne ihn hätte ich nicht die Kraft aufgebracht, in die Schule zu gehen.

Für mich handelt *Your song* davon, wie schön es ist, einen Freund zu haben, der immer für einen da ist, was auch geschieht. Ein Freund, der nicht die Augen verdreht oder hässliche Dinge zu einem sagt oder einen schneidet, sondern der einen genau so, wie man ist, für lustig, cool und schwer in Ordnung hält.

Your Song macht mir bewusst, was für ein Glück es ist, Nils zu haben.

Das Lied war für ihn.

26 Jagdfieber!

Zwei Minuten, nachdem wir die Bühne verlassen hatten, geschah es.

Felix gesellte sich zu uns. Oder besser gesagt – zu Johanne.

Ich sah, wie er sich zu ihr vorlehnte, sah, dass sie rot wurde. Aber ich hörte nicht, was sie wie eine Idiotin grinsen ließ. Meine Ohren waren nämlich vor allem auf das gerichtet, was hinter mir vor sich ging.

Zuerst hörte ich ein leises Fauchen, dann ein leises Knurren, schließlich ein seltsames Brummen. Ich ging alle Kleintierlaute durch, die ich kannte, trotzdem konnte ich nicht heraushören, welches Tier das war. Es war kein Katzenjunges, kein Welpe … Weiter kam ich nicht, bevor das Fauchen hinter mir verstummte und jemand zum Angriff überging. Mein Arm wurde nach hinten gezogen, ich verlor den Halt und wurde herumgeschleudert. Und starrte in ein wütendes Augenpaar, das von etwa achtzehn verschiedenen Lidschatten eingerahmt war.

Brittany.

»Du hast gesagt, dass Felix auf Mädchen steht, die Tamtam spielen können!«, zischte sie. »Nicht auf Mädchen mit Geige!«

Shit!

Ich hatte komplett vergessen, was ich an dem Abend Brittany gegenüber behauptet hatte, als Nils und ich sie fragten, ob sie unsere Band verstärken wollte. Obwohl ich eigentlich nicht der Typ bin, der Dinge vergisst!

»Du hast gesagt, dass Felix mich anflehen würde, seine Freundin zu werden!«, knurrte Brittany. »Dass er völlig außer sich sein und nur noch sagen würde, *wow, da sieh sich mal einer diese Traumfrau am Tamtam an!*«

»Tamburin«, flüsterte ich.

»WHATEVER! DU HAST MICH ANGELOGEN!«

Ich zuckte zusammen.

»Ent-ent-entschuldige«, stotterte ich.

Zum Glück stellte sich heraus, dass Brittany sich nicht so viel aus Details machte.

»Well! Wenn nicht Felix, dann eben ein anderer«,

sagte sie. Aber ich geh heute Abend nicht nach Hause, bevor Nils und du mir einen Boyfriend besorgt habt, nur, damit du's weißt!«

Und sie ist auch nicht der Typ, der lange fackelt. Kaum hatten Nils und ich uns eine Cola gekauft, ging sie auf die Jagd und zog uns mit sich. Ihr Jagdtrieb war noch stärker ausgeprägt als Arnulfs, in Nullkommanix hatte sie sich an die Topliga der Siebten herangepirscht.

»Na ja, der da drüben ist ja auch ganz süß«, sagte sie.

Ich hörte mein Herz in der Brust pochen.

Obwohl wir über fünf Meter von ihm entfernt standen, wusste ich, auf wen sie zeigte. Ich würde Magnus sogar auf zehn Meter Entfernung erkennen. Das lag irgendwie an der Art, wie er ging und stand, sich bewegte und sich durch die Locken fuhr.

»Er ist … nicht frei«, sagte ich.

»Na und?«, sagte Brittany. »Felix geht eigentlich auch mit Thea, aber es sieht nicht so aus, als ob ihn das davon abhält, mit Johanne zu flirten!«

Dazu fiel weder Nils noch mir etwas ein.

»Aber der da ist ja auch ganz schnuckelig«, sagte sie und deutete auf einen anderen. »Und er hat echt heftige Hüftbewegungen auf der Bühne gebracht.«

Ich rümpfte die Nase, sagte aber nichts.

Nils aber weiß nie, wann es besser ist, die Klappe zu halten.

»Nein, nein, um Aksel solltest du einen großen Bogen machen, du solltest nicht auf die Idee kommen zu …«, begann Nils.

»Aksel, genau!«, fiel ich ihm ins Wort. »Nach einem besseren Fang müsstest du lange suchen!«

Ich hörte, wie Nils sich an seiner Cola verschluckte.

Ich ignorierte es.

Ich wittere eine Gelegenheit, wenn ich sie sehe. Oder wusste zumindest, dass sie nur etwas über fünf Meter entfernt stand. Brittany war noch nicht lange genug an unserer Schule, um zu wissen, dass Aksel ein Trottel ist. Und es gab keinen Grund, sie ausgerechnet jetzt darüber aufzuklären.

»Kann ja sein, dass Magnus und Felix süß sind, aber sie können Aksel nicht einmal *annähernd* das Wasser reichen! Und er ist noch dazu, aus irgendeinem *unverständlichen* Grund, Single. Also wenn ich du wäre, würde ich mich an ihn ranmachen!«

»Aber du bist nicht ich, thank god!«, sagte Brittany.

Ich ließ mich nicht einschüchtern.

»Nein, natürlich nicht«, sagte ich mit einem Lächeln. »Ich habe nur zufällig gerade jemanden sagen gehört, dass Aksel wohl kaum noch lange Single bleiben wird. Wegen der *echt heftigen* Hüftbewegungen auf der Bühne. Falls du ihn also süß findest, wäre es sicher schlau …«

»AKSEL!!«

Ich wurde fast taub auf dem linken Ohr.

Aber das ging schnell vorbei. Denn schon standen Magnus und Aksel vor uns und sahen uns fragend an.

»Ja, was ist?«, fragte Aksel.

Brittany holte ihr Lipgloss heraus und legte eine dicke Schicht davon auf. Ihre Lippen machten ein Schmatzgeräusch, als sie zu ihm aufsah.

»Ich wollte dir nur sagen, dass du unglaublich auf der Bühne warst! Dein Anblick war echt *amazing*! Ich war voll von den Socken. Kann ich dir 'ne Cola spendieren?«

Sie entriss Nils die Flasche und hielt sie Aksel unter die Nase.

Aber Aksel schien nicht gehört zu haben, was sie sagte. Er rührte keinen Muskel, starrte nur mit einem seltsamen Lächeln um die Mundwinkel ins Leere. Es sah ganz so aus, als wäre er in eine Art Trance gesunken.

Ich drehte mich um, um nach Thea Ausschau zu

halten. Wenn sie in der Nähe war, bekam Aksel oft diesen glasigen Blick.

Oder, besser gesagt – in der Nähe *gewesen war*.

Ihr habt richtig gehört.

Denn jetzt, nach sechs langen Jahren, hatte Aksel endlich die Verliebt-in-Thea-Phase überwunden!

»Ehrlich, du warst megacool! Deine Moves haben mich schwer beeindruckt! Darf ich mal deine Bassgitarre sehen?«

Und dann fasste Brittany einen frisch verliebten Aksel am Arm und zog ihn mit sich.

27 Ein Hoffnungsschimmer

»Habt ihr sein Gesicht gesehen?!« Magnus lachte.

»Er war total perplex!«, japste Nils.

»Verflixt aber auch!«, kicherte ich.

Dann schwiegen wir.

»Ihr wart unglaublich gut«, sagte Magnus schließlich und lächelte.

»Ihr aber auch«, sagte Nils und lächelte ebenfalls.

Und ich konnte gar nicht mehr aufhören zu lächeln.

Denn Magnus hatte wieder diesen Blick. Der Blick, mit dem er mich angesehen hatte, als ich gesungen hatte. Unsere Augen zogen sich an wie zwei Magnete.

Mir schoss die Röte in die Wangen, mein Herz flatterte, das Blut pulsierte in rasender Geschwindigkeit durch meine Adern. Mir wurde so heiß, dass ich mir die Mütze vom Kopf zog und …

Oh nein.

Oh nein!

OH NEIN!!

»Nanu, was war denn das?«, fragte Magnus.

Ich zog die Mütze wieder in die Stirn.

»Nichts!«, sagte ich und wurde erneut rot. »Das war nur ein … Nichts!«

»Etwas war es schon, aber die Mütze steht dir auch gut«, sagte er.

Steht mir?

Auch?

Die Mütze *steht dir auch*?

»Cooler Look, übrigens. Schwarz auf weiß sozusa …«

Er hielt inne.

»Äh, damit wollte ich nicht sagen, dass …«

Aber ich lächelte nur.

Meine Mutter sagte immer, dass Schwarz ein zu starker Kontrast zu meiner weißen Haut und meinen Haaren sei, aber da bin ich nicht ihrer Meinung. Sondern sehe es wie Magnus. Gerade *weil* ich so bleich bin, sieht Schwarz ja so cool aus.

»Also, was glaubt ihr … wer wird gewinnen?«, fragte Magnus.

»Ich glaube, dass ihr super Aussichten auf einen der ersten Plätze habt«, sagte Nils.

Ich nickte so heftig, dass mir die Mütze beinahe schon wieder vom Kopf gerutscht wäre.

»Ich hoffe zumindest auf einen Platz unter den Top drei«, sagte Magnus. »Die Musik und die Tanzshow liefen ja ganz ordentlich. Aber Thea hat furchtbar gesungen, daher ...«

»Ihr seid *garantiert* unter den Top drei«, bekräftigte Nils.

»Selbst mit Thea«, fügte ich hinzu.

»Ich gehe davon aus, dass Nadif in diesem Jahr auch wieder auf dem Siegertreppchen stehen wird«, sagte Magnus. »Er hat auf dieser Trommel ganz schön gerockt. Und das Mädchen aus der Fünften, die Querflöte gespielt hat, war auch ziemlich gut.«

Nils und ich sahen uns an.

Wollte er nicht auch etwas über ...

»Aber ihr werdet bestimmt die Gewinner sein«, sagte er. »Der Außenseiter, sozusagen. *The dark horse.*«

Übrigens, wo wir gerade bei *Dark Horse* sind.

Dieser Bandname war nicht allein meine Idee gewesen.

Als wir an jenem ersten Abend im Hobbykeller fertig geprobt hatten, holte Brittany nämlich eine Liste mit Bandnamen hervor. Sie hatte unseren Arbeitsauftrag wirklich sehr ernst genommen. Das Problem war nur, dass sie für eine Gastmusikerin am Tamburin einen etwas zu prominenten Platz im Bandnamen einnehmen wollte.

»*Der* auch nicht?«, seufzte sie. »Mensch, hallo, was ist falsch an *Brittany Peters & the Gang*?!«

»Nichts, aber wir bräuchten vielleicht einen einfacheren Namen«, brachte Nils unter Räuspern heraus. »Einen, der sich allen gut einprägt.«

Nils ist ziemlich gut darin, in aller Eile Entschuldigungen zu finden. Oder diplomatisch zu sein, wie Mama immer sagte.

»Wie wär's denn mit unseren Initialen?«, schlug er vor. »N, AB, J, B ... NJABB? Nee ... J. A. B. N. B.? Nee ...«

Die Idee ließen wir ziemlich schnell wieder fallen.

»Ich kann mir immer am besten kurze Bandnamen merken«, warf Johanne ein. »Rihanna, Coldplay, Beyoncé und so. Nur ein Name, der für sich steht.«

»Also echt, und was ist dann mit Miley Cyrus und *One Direction*? Oder Kate Perry?«, sagte Brittany entnervt. »Kannst du dir die etwa nicht einprägen?«

»Davon ist ja nur eine 'ne Band.«

»Und Beyoncé und Rihanna? Sind das etwa Bandnamen?«

»Ich hab einen Vorschlag«, sagte Nils. »Alle notieren sich zwei Namen. Einen mit einem und einen mit zwei Wörtern. Und es müssen Namen sein, hinter denen wir stehen können. Bei denen es uns nicht peinlich ist, wenn sie laut durch die ganze Sporthalle gerufen werden. Okay?«

Wir sahen uns an.

Okay.

Kurz danach saßen wir jeder in einer Ecke des Kellers und dachten nach, bis uns die Köpfe rauchten.

Ich auch. Denn ich hatte bei Weitem keinen Namen mit zwei Wörtern parat. *Dark Horse* gab es damals noch nicht in meiner Normalo-Welt. Wir waren ein *dark horse*, aus dem Grund schrieb ich das auch auf. Es war genauso, wie Magnus gesagt hatte. Vielleicht wisst ihr ja schon, dass *dark horse* ein anderes Wort für Außenseiter ist, für jemanden, mit dem niemand rechnet, der aber trotzdem zuschlagen und alle überraschen kann. Noch dazu stehe ich ja auch auf Schwarz.

Mein Namensvorschlag mit einem Wort war so doof, dass ich ihn noch nicht mal zu sagen wagte. Und sagen musste ich ihn an dem Abend zum Glück auch nicht, denn als wir unsere Vorschläge durchgingen, geschah etwas Seltsames.

»Ich fange an!«, rief Brittany. »Mein Vorschlag mit zwei Wörtern ist *Brittany's Gang*.«

Ich hörte Johanne seufzen.

»Und der mit einem Wort«, presste Nils hervor.

»Na ja, ich hatte mal ein Pferd, das diesen Namen, also den Namen mit einem Wort, hatte, als ich noch in den USA wohnte, deshalb hab ich diesen Namen ausgesucht. Aber als … als Mama starb und ich zurück nach Norwegen ziehen musste, da … da durfte ich es nicht … durfte ich es nicht mitnehmen … u-u-und …«

Brittany hielt inne.

Ihre Wangen waren schon beinahe ganz gestreift vor lauter zerflossener Mascara.

»Anyway!«, sagte sie laut und holte tief Luft. »Er war pechschwarz und unglaublich süß und hieß *Dark*. Das ist also mein zweiter Vorschlag: *Dark*.«

Ich war so baff, dass ich beinahe den Mikrofonständer umgeschmissen und Brittany damit getroffen hätte.

»Djeeeezes!«, schrie sie. »Nur weil du meinen Vorschlag blöd findest, musst du mich nicht gleich erschlagen!«

»Ich finde ihn nicht blöd!«, rief ich. »Guck dir doch mal meinen Vorschlag mit zwei Wörtern an! Da, guck doch!«

Und ich hielt mein Blatt hoch, sodass sie sehen konnte, was ich aufgeschrieben hatte.

Danach konnten Nils und Johanne vorschlagen, was sie wollten, uns war es schnurz. Und ihnen eigentlich auch, denn alle waren sich einig, dass es unmöglich ein Zufall sein konnte, dass zwei von uns fast den gleichen Bandnamen vorgeschlagen hatten.

Und so kam es, dass wir uns *Dark Horse* nannten.

Das Bühnenoutfit dagegen – das war allein meine Idee gewesen.

Oder, na ja, Tante Monas. Als sie Nils und mich an dem Tag, an dem sie unseren Plan aus der Taufe gehoben hatte, bat, ihr in den Hobbykeller zu folgen, hatte sie schließlich gesagt, dass ich Kleidung mitbringen sollte, die ich am liebsten mal in der Schule tragen würde. Damit hatte sie den schwarzen Rock und die Doc-Martens gemeint.

Glücklicherweise fanden die anderen in der Band meine Idee auch gut. Nils kannte sie ja schon, weshalb er mich natürlich unterstützte. Johanne fand auch, dass schwarze Klamotten gut zum Bandnamen passten. Und Brittany war so gut gelaunt, nachdem ihr Namensvorschlag gewissermaßen gewonnen hatte und sie nun ganz viel von ihrem Pferd erzählen konnte, dass sie, ohne zu streiten, einwilligte. Jedenfalls nachdem ich gesagt hatte, dass meine Mutter uns passende Pulswärmer dazu stricken könnte.

Und so kam es, dass wir Schwarz trugen.

»Dann ist es jetzt an der Zeit, den Gewinner zu küren!«

Die Stimme von Herrn Holst schallte durch die Sporthalle.

»Nehmen Sie wieder Ihre Plätze ein, die Jury steht auf der Bühne bereit!«

Ich versuchte, Nils Blick aufzufangen, aber es gelang mir nicht.

Er sah nämlich zur Tür. Sein Mund stand offen, seine Augen hatten einen merkwürdigen Ausdruck. Und seine Nasenflügel? Ich hatte sie ja schon auf zig Arten vibrieren sehen, aber noch nie so stark wie jetzt. Wie ein schnell arbeitender Blasebalg!

»Was ist los, Nils?«, fragte ich.

»Ist was passiert?«, wollte Magnus wissen.

»Ist etwas mit deiner Mutter?«, fragte ich.

Das sagte ich fast immer, wenn Nils Nase wieder so zu flattern begann, das war wie ein Reflex. Nils Mutter ist nicht wie andere Mütter, die ich kenne. Zum Beispiel war es Nils, der immer einkaufen gehen musste.

Als ich klein war, hatte ich meinen Vater einmal sagen hören, dass Nils Mutter schlechte Nerven habe. Damals verstand ich nicht, was er meinte, aber heute schon eher, glaube ich. Das muss so ähnlich sein, wie ich mich fühle, wenn sich alles in mir zusammenschnürt und mein Atem keinen Raum hat, um sich auszudehnen. Nur, dass Nils Mutter nicht nach Luft rang, jedenfalls nicht, soweit ich weiß. Sie blieb stattdessen im Haus.

Aber in der Turnhalle nahm ich eigentlich nicht an, dass etwas mit Nils Mutter wäre. Nicht in dem Moment. In wenigen Minuten sollten wir immerhin erfahren, ob wir den Talentwettbewerb aufgemischt hatten. Es musste einen anderen Grund für Nils Nervosität geben.

Doch so war es tatsächlich – es war etwas mit seiner Mutter.

»Sie hat gesagt, sie würde es versuchen, aber ich habe natürlich nicht damit gerechnet, dass sie es auch tun würde«, sagte er.

»Was tun?«, fragte ich.

»Herkommen und mir zusehen.«

»Was? Deine Mutter ist hier?!«

Ich war fast ebenso geschockt wie Nils.

Seine Mutter kam noch nicht einmal zu den Elternabenden. Die Lehrer mussten zu ihr nach Hause kommen, weil sie so ungern das Haus verließ. Sie war auch noch nie beim Schulfest zum Ende des

Schuljahres. Und ganz sicher bei keinem Talentwettbewerb!

»Sie steht in der Tür«, sagte Nils. »Mit meinem Vater und dem Pudel.«

28 18,5

»Nun, was sagt ihr, verehrte Jury? War es eine schwere Aufgabe?«, fragte Herr Holst. »PK?«

Herr Larsen beugte sich zum Mikrofon, das mitten auf der Bühne stand.

»Nein, wir mussten ja nur Punkte geben und sie am Ende zusammenrechnen, so gesehen war's recht einfach.«

»Ein Sozialkundelehrer mit einem Sinn für das Kopfrechnen, so etwas wärmt einem alten Mathelehrer das Herz«, ergriff Herr Holst wieder das Wort. »Möchten Sie das kommentieren, Frau Akhtar?«

Nadifs Mutter räusperte sich.

»Nun ja, ich würde sagen, die Aufgabe war weit schwerer als das. Nachdem wir die Punkte zusammengezählt hatten, stellte sich nämlich heraus, dass zwei Teilnehmer exakt die gleiche Punktzahl erreicht hatten. 18 Punkte.«

Nils und ich tauschten einen Blick.

»18 Punkte! Ein neuer Rekord, Leute!«, rief Herr Holst aus. »Sprechen wir hier von den beiden ersten Platzierungen?«

Nadifs Mutter nickte.

»Dass die Jury uneins war, hat das Ganze besonders kompliziert gemacht. Zwei von uns hatten einem der Teilnehmer fünf und dem anderen vier Punkte gegeben, während die anderen beiden es genau andersherum gemacht hatten. Also gab es natürlich eine interne Diskussion darüber, wer den Sieg davontragen sollte.«

»Und wie endete diese Diskussion? Haben wir einen Gewinner?«

»Den haben wir.«

»Gut! Dann beginnen wir mit dem fünften Platz.«

Nadifs Mutter ließ ihren Blick durch die Halle schweifen.

»Auf dem fünften Platz mit 12 Punkten: Abdi Mohamud!«

Die Gruppe Sechstklässler auf der Bank ließ ein lang gezogenes Brüllen hören.

»Auf dem vierten Platz mit 13 Punkten: Berit-Chanel Kleivhytta!«

Das Mädchen mit der Querflöte aus der 5A sprang jubelnd direkt neben uns auf.

»Und da sind wir schon auf dem Siegerpodest angelangt«, sagte Herr Holst. »Gibst du den dritten Platz bekannt, PK?«

Herr Larsen trat ans Mikrofon.

Ich war so aufgeregt, dass ich drauf und dran war, mir in die Hosen zu machen.

»Auf dem dritten Platz mit 15 Punkten: Nadif Akhtar!«

An der Sprossenwand jubelten wieder alle. Einschließlich Nadif, der über uns hing. Seine Mutter winkte ihm von der Bühne aus zu.

»Und jetzt, verehrtes Publikum, jetzt ist der Moment der Wahrheit gekommen«, sagte Herr Holst. »Wer trägt den Sieg davon? Ist es ein Solist? Ist es eine Band?«

»Es ist eine Band«, sagte PK Larsen.

Mir schlug das Herz bis zum Hals.

»Uiuiui, wir wollen hier aber nichts im Voraus verraten!«, rief Herr Holst. »Dann bedanken wir uns bei dir, PK. Nur gut, dass heute Abend *zwei* Bands auf der Bühne standen, damit nicht gleich das ganze Geheimnis gelüftet ist. Nun, dann bleibt uns wohl nur, den fünf Solisten, die nicht genannt wurden, viel Glück fürs nächste Jahr zu wünschen. Der Gewinner heißt also entweder *Dark Horse* oder *Fuck Justin featuring Thea & the 7A Dance Company*!«

Nils, Johanne und Brittanys Gesichter waren fast genauso blass wie meins, als wir uns ansahen.

»Dann machen wir es vielleicht am besten so, dass wir einfach nur den Gewinner nennen, da alle sowieso wissen werden, wer den zweiten Platz gemacht hat«, sagte Herr Holst. »Ist das okay?«

Die Jury nickte.

»Torfinn und Hanna-Merete, das Mikrofon gehört euch.«

»Na ja, wie Nadifs Mutter schon erwähnt hat, haben wir darüber diskutiert, wer der Sieger sein soll«, begann Torfinn. »Und nach einigem Hin und Her sind wir zu dem Schluss gekommen, dass eine Band einen Tick vor der anderen liegt. Genauer gesagt um einen halben Punkt. Hanna-Merete?«

»Und das ist die Begründung der Jury«, sagte sie. »Der entscheidende halbe Zusatzpunkt geht an eine Band, die außergewöhnlich gut im Zusammenspiel war. Mit Rhythmik, einem klasse Drive und ausgefeilter Technik haben sie den Song lebendig und interessant interpretiert und das Publikum von Anfang bis Ende in ihren Bann gezogen. Sie haben eine starke Bühnenpräsenz gezeigt, waren umwerfend charmant und haben noch dazu eine denkwürdige Gesangsleistung abgeliefert.«

Ich griff nach Nils Hand.

Er drückte sie.

»Der Gewinner, mit 18,5 von 20 möglichen Punkten, ist …«

Hanna-Merete und Torfinn sahen sich kurz an, bevor sie im Chor riefen:

»*DARK HORSE!!!!*«

Ich konnte nicht einmal mehr blinzeln, bevor der Jubel über mich hereinbrach.

Ich genoss diesen Jubel aus vollem Herzen, er war wie eine Umarmung.

Ich hätte auch die Jury umarmen können.

Und meine Band!

»Wir haben gewooooonnen!!«, schrie Johanne.

»OMG!!!!!«, kreischte Brittany.

Nils war so geschockt, dass er an der Sprossenwand herunterrutschte. Ich plumpste neben ihn.

»Wir haben gewonnen, Nils, wir haben gewonnen!«, flüsterte ich.

»Bevor wir die Gewinner auf die Bühne holen, bitten wir um einen herzlichen Applaus für die Band, die auf den zweiten Platz gekommen ist«, sagte Herr Holst. »Mit 18 Punkten, nur eine halbe Pferdelänge hinter den Erstplatzierten: *Fuck Justin featuring Thea & the 7A Dance Company*!«

Nils und ich rappelten uns wieder auf und klatschten, bis uns die Hände wehtaten.

Ich hielt nach Magnus Ausschau, konnte ihn aber nirgends entdecken. Aber das lag wahrscheinlich daran, dass meine Brillengläser so beschlagen waren.

»Und jetzt, verehrtes Publikum, ist der Moment gekommen«, sagte Herr Holst. »Hier sind sie, die Gewinner des diesjährigen Talentwettbewerbs: *Dark Horse!*«

Erst als Nils, Johanne, Brittany und ich zur Bühne gingen, hörten wir es.

Ein lang gezogenes, wütendes Zickengebrüll ertönte vor der Bühne.

»BUUUUUUUUUUUUUUUUUUUUUUUU-UUUUUUUUUUUUUUUUUUUUUUUUUU-UUUUUUUUUUUUUUUUUUUUUUUUUU-UUUUUUUUUUUUUUUUUUUUUUUUUU-UUUUUUUUUU!!!!«

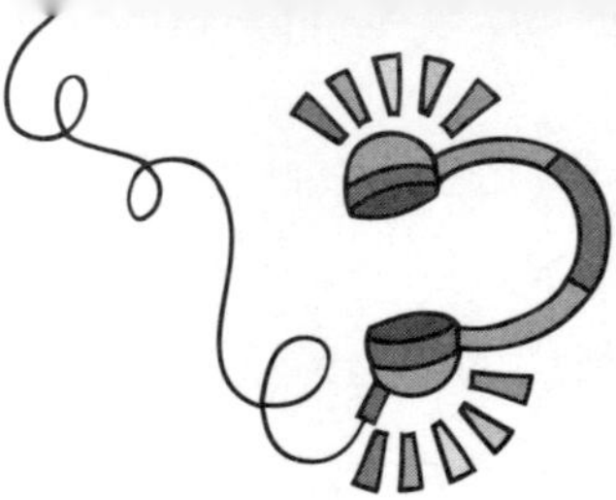

29 Ein Angebot

Ihr könnt euch sicher denken, von wem.

Thea hatte sich vor der Bühne aufgebaut, die Hände in die Hüften gestützt, und spuckte Gift und Galle.

»Das ist verdammt noch mal Schiebung!!«, schrie sie. »Dass sie gewonnen haben, liegt nur daran, dass die Jury Mitleid mit diesem Haufen Loser gehabt hat!!«

»He, bist du jetzt sauer, oder was?!«

Hanna-Merete beugte sich zum Mikrofon vor.

»Sorry, aber wir in der Jury sagen nun mal offen, wie es ist!«, fuhr sie fort. »Wenn du die Wahrheit nicht verträgst, ist das allein *dein* Problem, nicht unseres. Wir wollen ja nicht gemein sein, aber es ist uns scheißegal, was du von uns hältst. Wir sind nun mal so und stehen voll hinter dem, was wir sagen!!«

Jetzt hatte Thea ein Problem.

Und als Felix aufstand, hatte sie noch eins mehr.

»Zwischen uns ist es übrigens aus, Thea, ich mag

nicht mehr«, sagte er. »Ich bin in Johanne verliebt, und das schon länger. Du musst dir jemand anderen suchen.«

Zum zweiten Mal an diesem Abend schnappte die ganze Sporthalle nach Luft.

Thea aber gab keinen Mucks von sich. Sie starrte Felix nur an, als sei er ein seltsames Wesen aus dem Weltall, das plötzlich direkt neben ihr gelandet war. Und vielleicht dachte sie das auch. Welcher normale Mensch könnte auch auf die Idee kommen, *mit ihr* – Thea, dem beliebtesten Mädchen der Siebten – vor über hundert Schülern, Eltern und Lehrern Schluss zu machen?!

»Ich muss sagen, das ist wirklich ein Abend voller Überraschungen!«, brachte Herr Holst irgendwie heraus.

Er hatte recht.

Nachdem jeder von uns mit seinem Exemplar der Siegerurkunde in der Hand wieder die Bühne verlassen hatte, wartete unten die nächste Überraschung auf uns.

»Mein Junge!«

Nils Mutter ging auf ihn zu und nahm ihn lange in die Arme. Hinter ihr standen lächelnd sein Vater und der Pudel.

»Anne Bea! Ihr habt ja tatsächlich gewonnen!«

Das war *nicht* Nils Mutter, sondern Stahlfaust. Ich konnte gerade noch Luft holen, bevor mein Kopf zwischen ihren Brüsten verschwand.

Auch Johannes Mutter war zufrieden, obwohl Johanne nicht allein aufgetreten war. Ein erster Platz war und blieb ein erster Platz, auch wenn man ihn mit einer Truppe drittklassiger Amateure teilen musste.

Nach der Veranstaltung kamen alle mit uns nach Hause, um Festtagstorte zu essen – das heißt, Nils, seine Mutter, sein Vater und der Pudel.

Es stellte sich heraus, dass der Pudel Nils Mutter nach dem schrecklichen Samstag in Drammen angerufen hatte. Ich hörte meine und Nils Mutter nämlich laut darüber in der Küche sprechen, als ich zufällig durch den Flur ging.

Der Pudel hatte Nils Mutter erzählt, sie hätte gemerkt, dass Nils sich bei seinem Besuch nicht so wohlfühlte. Aber sie hätte gar nicht daran gedacht, aufzugeben. Sie hätte Nils vom ersten Moment an gemocht. So einen goldigen, gut erzogenen Jungen hätte sie schon lange nicht mehr getroffen. Und das wäre ganz sicher nicht der Verdienst seines Vaters gewesen!

Weil Nils Mutter sich darüber so gefreut hatte, erzählte sie dem Pudel, dass Nils am Talentwettbewerb teilnehmen werde. Denn es war bisher noch nie vorgekommen, dass eine der Frauen von Nils Vaters angerufen und Interesse für Nils gezeigt hatte.

Nils Mutter hatte eigentlich nicht vorgehabt, selbst zum Talentwettbewerb zu gehen, erzählte sie meiner Mutter, sie hätte ihre Meinung aber geändert, als Nils Vater und der Pudel kurz vor dem Talentwettbewerb anriefen. Der Pudel hatte anscheinend durchaus Talent dafür, das Richtige zu sagen. Nils Mutter hätte sich erst ein bisschen herrichten müssen, bevor sie das Haus verlassen konnte. Ich nahm an, das hieß Haare waschen und etwas anderes als Crocs und Hausanzug anziehen.

Herr Poppe kam auch mit zu uns zum Kuchenessen.

Ich hatte ihn eingeladen. Hauptsächlich, weil ich ihn gerne dabeihaben wollte, aber auch, weil ich gesehen hatte, welche Blicke er Tante Mona zuwarf, als sie uns nach unserem Sieg gratulierte. Er sah fast ein bisschen so wie Aksel an seinem ersten Schultag aus, als seine Verliebt-in-Thea-Phase begann. Oder so wie in dem Moment, als er endlich von Brittany daraus befreit worden war.

»Darf ich Ihnen meine Tante vorstellen, Herr Poppe«, sagte ich. »Tante Mona, das ist Jan Erik Poppe, unser Schulbibliothekar.«

»Sie sind die hübscheste Tante, die mir je untergekommen ist«, sagte er lächelnd.

»Dafür, dass Sie in der Schulbibliothek arbeiten, sind Sie auch nicht so übel«, sagte sie und erwiderte sein Lächeln.

Zwei Sekunden vergingen und ihre Wangen färbten sich dunkelrosa.

»Nein … hat man so was schon gehört, wie kann man denn nur so was sagen!«

Dann rieb sie sich die Nase, genauso wie Mama, wenn sie einen Ausspruch bereut. Mal abgesehen davon, dass Tante Mona es gar nicht sonderlich zu bedauern schien. Jedenfalls nicht mehr, nachdem Herr Poppe anfing zu lachen.

Inzwischen sind sie schon zusammen im Kino gewesen. Tante Mona war ganz durcheinander, als sie mir davon erzählte.

Johanne und Felix scheinen auch schwer verliebt zu sein. Aus ihnen wurde gleich am Tag nach dem Talentwettbewerb ein Paar, was sie mit einem Kuss mitten auf dem Schulhof besiegelten. Johanne ist dadurch in der Hierarchie aufgestiegen und Felix dafür etwas abgestiegen. Aber das scheint ihm nichts auszumachen. Sie haben schon Tickets für das Justin-Bieber-Konzert in vier Monaten.

Dafür sind Brittany und Aksel nicht mehr zusammen. Obwohl Brittany manchmal etwas schwer von Begriff sein kann, dauerte es nur wenige Tage, bis sie geschnallt hatte, dass Aksel nicht der größte Fang der Siebten ist.

Er war ziemlich geknickt, als sie mit ihm Schluss machte, versuchte aber, das Beste aus der Situation zu machen. Er hat ganz damit aufgehört, sich zu verlieben, und widmet seine Zeit jetzt seinem Hobby Nummer zwei – er zündet seine Furze an und filmt das mit dem Handy. Man kann sein Lachen bis in den Flur hören, wenn er auf dem Klo das Feuerzeug rausholt.

Ich glaube, dass Thea sogar flüchtig überlegte, mit ihm zu gehen, als er plötzlich das Interesse an ihr verloren hatte, aber stattdessen wurde aus ihr und Ridvan ein Paar – ihm blieb nichts anderes übrig. Sie drohte ihm damit, ihn aus der obersten Liga zu schmeißen, wenn er nicht ein paar Tage ihren Freund mimen würde, während sie nach einem besseren Kandidaten aus der Mittelstufe Ausschau hielt.

Shirin war ziemlich niedergeschlagen, als Thea ihr zum zweiten Mal Ridvan ausspannte, aber mittlerweile haben sie sich wieder versöhnt. Das tun sie immer. Shirin ist jetzt auch wieder mit Ridvan zusammen.

Ronja ist Single, solange sie auf einen Neuzugang in der Topliga wartet. Nachdem Magnus kürzlich mit ihr Schluss gemacht hatte, war nämlich nur noch ein anderer Junge übrig – Aksel. Und mit ihm zu gehen, kam nicht infrage.

Den Gerüchten zufolge steht zur Debatte, ob Trachten-Torfinn jetzt nicht in die Topliga aufgenommen werden soll, weil Thea mit seinem großen Bruder zusammen ist. Sie hat nämlich einen Kandidaten aus der Mittelstufe gefunden. Er geht in die 9A und sein Spitzname ist Volkstanz-Torleif. Nils und ich haben den Verdacht, dass Thea nicht genau weiß, was Volkstanz ist.

Brittany war glücklicherweise nicht wütend auf mich, als ihr klar wurde, dass ich ein bisschen übertrieben hatte, was Aksel betraf. Jedenfalls nicht wütender als sonst. Sie taucht noch immer vor Nils Zimmerfenster auf, wenn wir am wenigsten damit rechnen. Manchmal lacht sie uns ins Gesicht und nennt uns Blödies, manchmal kommt sie rein, um mit uns Karten zu spielen.

Nils sagt, sie wäre sogar ab und zu bei ihm zu Hause, wenn er nicht da sei. Als er neulich nach Hause kam, saßen seine Mutter und Brittany in der Küche. Sie tranken Kakao und unterhielten sich vergnügt über ihre Horoskope. Brittany hatte gerade erfahren, dass sie bald einem hochgewachsenen dunkelhaarigen Jungen begegnen würde, der sich Hals über Kopf in sie verlieben würde. Nils Mutter behauptete auch noch, dass er eine Hornhautverkrümmung sowie eine mysteriöse Vergangenheit hätte.

Nils Vater ist immer noch mit dem Pudel zusammen. Nils findet sie zwar nicht supertoll, ist ihr gegenüber aber auch nicht mehr so skeptisch. Als wir nach dem Talentwettbewerb Marzipantorte bei uns gegessen hatten, hörte ich ihn sogar über etwas lachen, dass sie über Pilze und Scheiße erzählte. Bisher ist er noch nicht wieder in Drammen gewesen, aber er könnte sich eventuell vorstellen, in den Weihnachtsferien mal wieder hinzufahren. Der Pudel hat erzählt, dass es in ihrem Wohnort eine tolle Skaterhalle gebe. Ihre Tochter Oda sei nämlich eine talentierte Skaterin.

Aus Nils ist diesen Herbst ein toller Skater geworden. Vor ein paar Tagen war ich nach Schulschluss nämlich mit ihm bei der Rampe. Mari und Hanna-Merete waren auch da, und sie meinten, Nils sei supersüß, wenn er so lächele und ihm die Haare zu Berge stünden, und dass er noch süßer werden würde, wenn er erst mal ein bisschen gewachsen sein würde.

Wenn sie so etwas sagen, versteife ich mich immer ein bisschen. Was, wenn Nils plötzlich beliebt wird und merkt, dass es bessere Freunde als mich gibt? Welche, die sich nicht auf dem drittletzten Platz der untersten Liga befinden? Und auf dem Weg in und aus dem Klassenzimmer geradewegs in Nadifs Pult hineinrennen. Ich kann diesen Gedanken fast nicht zu Ende denken!

Aber bisher verbringt er nach wie vor seine Zeit mit mir. Er rollte auf seinem Brett zu mir, nachdem er einen perfekten Ollie auf der Skaterrampe hingelegt hatte, obwohl ihm bestimmt bewusst war, dass ich seine Hand verfehlen würde, als er meine abklatschen wollte. Und dass, obwohl viele andere immer noch finden, dass ich als Freund nicht zähle.

Die Superzicken Thea, Ronja und Shirin sind noch genauso gemein zu mir wie früher, vielleicht sogar noch gemeiner, weil sie den Talentwettbewerb gegen einen Freak, einen Feigling, eine Nordamerikanerin und eine Geigerin verloren haben, die sich außerdem auch noch Felix geschnappt hat. Das Getuschel auf den Fluren hat sich auch nicht gelegt. Ich spüre immer noch ihre Blicke in meinem Nacken und mir werden blöde Kommentare ins Gesicht gesagt. Als Susanne gestern an mir vorbeistolziert ist, haben ihre Augen so mitfühlend geschimmert, dass es mir kalt den Rücken hinunterlief.

Aber es ist auch viel Gutes passiert!

Ich glaube sagen zu können, dass Mari, Hanna-Merete, Nadif, Celine, Birk, Franz, Nils und ich jetzt so etwas wie eine Clique sind. Wir verbringen jedenfalls oft die Pausen zusammen. Nils und ich essen mittlerweile sogar in der Kantine zu Mittag!

Mein Pony wächst allmählich auch wieder. Noch ist er nicht wieder lang, aber er entwickelt sich zumindest in die richtige Richtung. Manchmal trage ich ein schwarzes Haarband, um meinen Look ein bisschen zu variieren. Schwarz auf weiß, sozusagen.

Und Magnus?

Okay, hört euch das an.

Als Nils und ich gestern in der Kantine mit Mari, Hanna-Merete und Nadif Mittag gegessen haben, ist nämlich etwas passiert. Magnus kam an unseren Tisch. Plötzlich stand er einfach da und sah mich an.

»Wie läuft's mit *Dark Horse*? Spielt ihr noch zusammen?«, fragte er.

Ich hatte gerade den Mund voller Brot, das Gespräch war also nicht so besonders.

»Mmmfff«, brachte ich heraus, während ich hastig hinunterschluckte. »Mmmfff.«

Doch ich hätte auch keine gute Antwort gewusst, wenn ich deutlicher hätte sprechen können. Nils und ich haben noch ein paarmal zusammen geübt, aber vor allem aus Spaß.

»W-w-wir sind ziemlich entspannt, was das angeht«, brachte ich schließlich heraus. »Nehmen's so, wie es kommt.«

Da sagte er es.

Das, was mein Herz zum Rasen brachte und Purzelbäume schlagen ließ, bis es mir so in den Ohren dröhnte, dass ich beinahe taub wurde.

»Cool. Dann melde ich mich vielleicht demnächst bei dir«, sagte er, lächelte und ging.

Ich hörte Mari und Hanna-Merete neben mir nach Luft schnappen.

Und dann stand die Welt zum dritten Mal in ein paar Wochen still.

…

…

…

…

…

…

Ich konnte sehen, dass Mari und Hanna-Merete etwas sagten, weil ihre Münder sich bewegten. Sie schwenkten auch die Arme vor mir in der Luft … Als ich endlich wieder zu mir kam, waren ihre Gesichter knallrot.

»Wir wissen, was er damit sagen wollte, Anne Bea!«, rief Mari.

»W-was?«

»Er meinte das, was du hoffst, das er gemeint hat!«, sagte Hanna-Merete.

Ich starrte sie an.

»Die Neuigkeit ist irgendwie durchgesickert«, sagten Hanna-Merete und Mari. »*Fuck Justin* ist auf der Suche nach einer neuen Sängerin!«

Ich sank auf den Stuhl zurück. Dann sprang ich wieder auf und fiel Nils um den Hals. Sein Butterbrot segelte durch die Luft und landete mit der falschen Seite auf dem Boden, meine Wasserflasche kippte um und meine Brille bekam einen kleinen Knacks.

Aber das machte nichts. Gar nichts machte noch etwas.

Denn ich war der glücklichste Freak auf der ganzen Welt!

Und wisst ihr, was das Beste ist?

Dieses Gefühl hält immer noch an!

A. Audhild Solberg, geboren 1973 in Norwegen, hat viele Jahre als Verlagslektorin beim norwegischen Verlag Aschehoug gearbeitet, bevor sie mit *Bandbattle* ihr erstes Kinderbuch geschrieben hat. Damit ist ihr in Norwegen gleich ein großer Erfolg gelungen; ausgezeichnet mit dem Barnebokpris haben zehntausend befragte Kinder und Jugendliche *Bandbattle* zu ihrem beliebtesten Buch des Jahres gekürt.

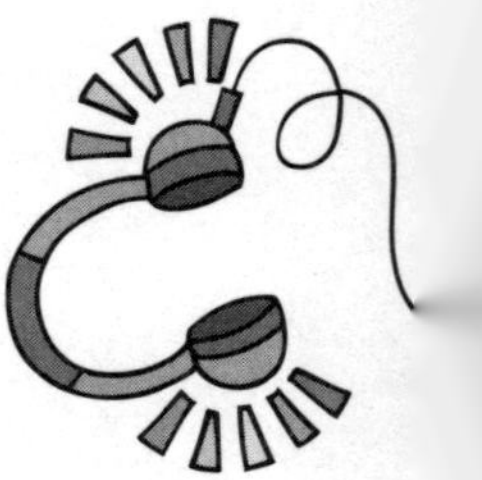

Zitate im Buch:

S. 21/22: Auszug aus: Justin Bieber: (CD) *Boyfriend*, B007PLJBP2, Island (Universal Music) 2012

S. 228/229: Auszug nach: Rihanna: (CD) *We found love*, B005QHJK08, Def Jam (Universal Music) 2011